Joan Aiken

Schattengäste

Roman

Aus dem Englischen von Irene Holicki

Diogenes

Titel der Originalausgabe:
›The Shadow Guests‹
Jonathan Cape Ltd., London

Umschlagillustration: Atkinson Grimshaw,
›Waterloo Lake, Roundhay Park,
Leeds‹ 1872 (Ausschnitt)

200/90/8/1
ISBN 3 257 01852 5

Inhalt

I

Die Ankunft

Niemand war am Flughafen, um ihn in Empfang zu nehmen.

Eine der Stewardessen hatte ihm gesagt, es gebe eine Wartehalle, wo man sich aufhalten könne, falls die Freunde, die einen abholen sollten, noch nicht da seien, wenn das Flugzeug landete. Also ging er dorthin. Gleich neben dem Informationsschalter befanden sich ein paar Plüschbänke, rosa und braun gestreift, auf denen einige Leute saßen und nervös nach allen Seiten Ausschau hielten. Aber Cosmo wollte sich nicht setzen, er lehnte sich lieber gegen den kleinen Wagen, auf dem sein Gepäck stand – zwei Koffer, eine Reisetasche und ein Tennisschläger.

Er starrte auf die Menschenmassen, die in der Eingangshalle des Flughafens hin und her wogten, und fragte sich, wie er jemals erkennen sollte, ob jemand nach ihm suchte.

»Cousine Eunice wird dich wahrscheinlich selbst abholen«, hatte sein Vater gesagt. »Aber es könnte auch sein, daß sie an diesem Tag eine Vorlesung zu halten hat oder Privatunterricht gibt; dann müßte sie wohl jemand anderen schicken.«

Konnte eine dieser Frauen Cousine Eunice sein? Die dicke Blondine mit den Tränensäcken unter den Augen vielleicht? Hoffentlich nicht. Oder die dünne Dunkelhaarige in der Cordsamtjacke? Sie sah ganz nett aus, aber sie ging zielstrebig an ihm vorbei. Die Jüngere dort – nein, sie hatte ein etwa sechsjähriges Mädchen bei sich. Cousine Eunice war nicht verheiratet und hatte keine Kinder.

»Habe ich sie schon einmal gesehen? War sie da, als wir damals Onkel Ted besuchten?«

Er erinnerte sich noch ganz deutlich – so deutlich, daß es schmerzte –, nicht an das Haus, aber an eine Gruppe von Haselnußsträuchern am Weg, der zum Fluß hinunterführte, an einen Bach, an dem er und Mark einen Damm gebaut hatten, an einen tiefen, dunklen Mühlenteich mit einem Wehr und an einen kleinen Steg, über den man zur Insel hinüberging, auf der die Mühle stand. Und an ein riesiges Feld, das die Form eines Halbmonds hatte. Wenn ihn im Augenblick irgend etwas aufheitern konnte – aber das war wirklich nicht möglich –, dann die Aussicht, in der Courtoys-Mühle zu wohnen.

»Nein, Cousine Eunice war zu dieser Zeit nicht da«, hatte sein Vater gesagt. »Sie war in Cambridge beim Studium.« Seine Stimme hatte so geklungen, als halte er etwas zurück – so reden die Leute, wenn sie Dinge verschweigen, weil sie glauben, daß sie für Kinder nicht geeignet seien. In den letzten ein oder zwei Monaten hatte sein Vater sich meistens so angehört, wenn er mit ihm sprach. Also – war mit Cousine Eunice vielleicht etwas nicht in Ordnung? Bestimmt nicht; sein Vater setzte offenbar großes Vertrauen in sie. »Sie wird sich gut um dich kümmern und dir alles besorgen, was du für die Schule brauchst«, hatte er gesagt. »Und ich komme nach England, sobald ich kann.«

Doch wo war Cousine Eunice jetzt? Er fröstelte und fühlte sich ganz plötzlich schrecklich einsam. Dreißig Stunden im Flugzeug, das war kein Honiglecken gewesen – und wenn man dann nicht einmal abgeholt wurde –

In der Eingangshalle hasteten die Leute hin und her wie die Lemminge, manche schleppten ihr Gepäck, andere schoben es auf den Wägelchen vor sich her. Aus den Lautsprechern kam ein nicht abreißender Strom von dringenden Durchsagen, was die hektische Atmosphäre noch verstärkte.

»Letzter Aufruf für den Air-France-Flug vier-null-drei nach Marseilles von Flugsteig sieben. Mr. Panizelos vom Olympic-Flug neun-neun-zwei möchte sich bitte sofort zum Flugsteig zehn begeben. Doktor Creasey, vor kurzem mit Pan Am drei-fünf-drei von Los Angeles eingetroffen, möchte sich bitte an der Flughafeninformation melden. Der Fahrer von Captain Wang Tao Ping bitte zum Informationsschalter.«

Ein grauhaariger Mann kam auf die Plüschbänke zugeeilt, und das Mädchen mit dem besorgten Gesicht und dem riesigen blauen Rucksack sprang freudig auf, lief ihm entgegen und umarmte ihn. Viele der Gesichter, an die er sich allmählich gewöhnt hatte, waren verschwunden und wurden durch andere ersetzt. Ich stehe hier schon länger als alle anderen, dachte Cosmo. Die entnervte Frau, der dicke, ungeduldige kahlköpfige Mann, das Mädchen mit dem Baby, alle waren sie fort. Eine neue Gruppe gespannt wartender Menschen hatte ihren Platz eingenommen.

Cosmo sehnte sich nach einem großen Glas kaltem Wasser. Die letzte Mahlzeit, die im Flugzeug serviert worden war, hatte aus einem widerlich süßen, altbackenen, klebrigen Brötchen und einer halben Tasse lauwarmem Kaffee bestanden, der schmeckte, als habe man ein Stück Karton darin gekocht; den Durst hatte er jedenfalls nicht gestillt. Aber ein Büffet gab es in diesem Teil des Flughafens nicht. Vermutlich hatten die Leute, die ihn gebaut hatten, gedacht, wer mit dem Flugzeug ankam, wolle nichts zu essen oder zu trinken, habe es nur eilig, von hier wegzukommen.

Ma hatte einmal gesagt, wenn man Durst habe, müsse man an Zitronen denken, das würde helfen. Er versuchte es. Aber die Zitronen wollten in seinem Kopf nicht wirklich werden; statt dessen hörte er Mas lachende, einschmeichelnde Stimme, und das war erst recht schlimm, denn nun bildete sich in seiner Kehle ein schrecklicher Klumpen, der ihn würgte und seinen Durst noch quälender werden ließ.

Eine rundliche Frau lief hastig vorbei und rief: »Bert, Percy, Oscar – nun kommt schon – beeilt euch – trödelt doch nicht so!« Sie schob einen Wagen, der hoch beladen war mit dicken Koffern, Bündeln und Matchbeuteln – wie schaffte sie es überhaupt, ihn zu bewegen? Und wie hatte sie ihre Kinder Bert, Percy und Oscar nennen können – drei der häßlichsten Namen in der ganzen englischen Sprache?

Cosmo war nicht besonders begeistert von seinem eigenen Namen, aber er fand ihn doch unvergleichlich viel besser als jeden dieser drei. Er drehte sich um, weil er sehen wollte, ob die schlafmützigen Söhne der dicken Frau ihre gräßlichen Namen auch verdienten, und mußte zugeben, daß sie durchaus passend gewählt waren. Bert – wenn Bert der größte war – schlurfte mürrisch daher, semmelblondes Haar hing ihm in das Pickelgesicht, konnte jedoch dessen muffigen Ausdruck keineswegs verbergen; er trank Limonade aus einer Dose und machte keinerlei Anstalten, seiner

Mutter beim Schieben des Gepäckwagens zu helfen, obwohl er mindestens einen Kopf größer war als sie. Oscar war ein widerlicher, kleiner Knülch mit blonden Ringellocken und dicken Backen, die klebrig und verschmiert waren, weil er an einem Eis lutschte; in der anderen Hand hielt er eine Weltraumwaffe, die er jedem, der in seine Nähe kam, in die Beine rammte. Percy, der mittlere, war nicht viel besser. Er trug eine Brille und machte ein verdrießliches Gesicht, futterte Kartoffelchips aus einer Tüte und las im Gehen in einer Autozeitschrift, ohne sich um die nervösen Zurufe seiner Mutter zu kümmern. Armes Ding, dachte Cosmo. Schrecklich, wenn man solche Kinder hat, aber wahrscheinlich war sie selbst daran schuld, sie hätte sie eben anders erziehen müssen.

»Der Fahrer für Mrs. Mohammed Ghazni möchte bitte zum Informationsschalter kommen.«

Die Tafel, auf der die Ankunft der Flüge angezeigt wurden, klickte und schwirrte; sein eigener Flug von Sydney nach London, der mit den Vermerken ›planmäßig‹ und ›gelandet‹ ganz oben gestanden hatte, war jetzt durch den sechzig Minuten verspäteten Flug von San Francisco ersetzt worden. Wie sollte Cousine Eunice wissen, daß seine Maschine schon angekommen war? Vermutlich würde sie sich am Schalter erkundigen. Dann fiel ihm ein, daß er auch selbst eine Nachricht ausrufen lassen konnte. Wie sollte sie lauten? »Cousine Eunice Doom, die Cosmo Courtoys abholen soll, möchte sich bitte am Schalter melden?« Aber wenn nun nicht Cousine Eunice gekommen war, um ihn abzuholen? »Die Freunde, die Cosmo Courtoys abholen sollen, möchten bitte –«

Freunde, das paßte nicht – er hatte hier keine Freunde und empfand es als unverschämt, irgendwelche fremden Leute von Anfang an als solche zu bezeichnen.

Plötzlich hatte er eine entsetzliche Vision: Percy, Bert und Oscar, wie sie mit boshaften Gesichtern auf den Informationsschalter losstürmten, wo er nervös wartete. »Bist du Cosmo Courtoys? Tja, wir sollen dich zwar abholen, aber eines kannst du dir gleich merken, *deine* Freunde sind wir nicht!«

Nach langem Zögern fragte er das Mädchen am Schalter um Rat, und sie löste das Problem im Handumdrehen.

»Miss Eunice Doom oder wer immer in ihrem Auftrag Cosmo Courtoys abholen soll« – sie sprach den Namen falsch aus, weil er ihr seinen Paß gezeigt hatte, aber er hatte doch auch ganz deutlich *Curtis* gesagt – »möchte bitte zum Informationsschalter kommen.«

Als sein Name, wenn auch falsch ausgesprochen, aus dem Lautsprecher kam, glaubte er, nun müßten ihn alle anstarren, aber das stimmte natürlich nicht; die Leute waren viel zu sehr damit beschäftigt, ihre Maschine zu erwischen oder jemanden zu finden, der sie abholen sollte; und Cousine Eunice meldete sich auch auf die Durchsage hin nicht.

»Mußte sie weit fahren?« fragte das Mädchen am Schalter.

»Etwa achtzig Meilen, glaube ich – sie kommt aus der Nähe von Oxford.«

»Na ja, dann würde ich mir an deiner Stelle jetzt noch keine Sorgen machen.« Und damit ging das Mädchen zu all den anderen Leuten zurück, die ihre Aufmerksamkeit auf sich zu ziehen suchten.

Cosmo begann wieder über Cousine Eunice nachzudenken und versuchte sich zu erinnern, was er über sie wußte. Sie war jünger als Vater, aber doch schon ziemlich alt, in den Dreißigern. Professorin für Mathematik – das war etwas beängstigend. Angenommen, sie löcherte ihn, wenn er bei ihr wohnte, ständig mit: »He, Cosmo, schnell – die Wurzel aus dreiundneunzig! Wieviel ist achtzehn mal vierundzwanzig?« Aber Vater sagte, Mathematiker dächten gar nicht mehr in diesen Kategorien – bei ihnen sei alles sehr viel dehnbarer. Und die öden Dinge wie Wurzelziehen würden alle von Computern erledigt. Irgendwie schade: Wenn Cosmo nachts im Bett lag, beschäftigte er sich gern damit, in seinem Kopf Zahlen zu Mustern zu ordnen. Zum Beispiel das Dreier-Einmaleins: da lautete die Reihe der Endziffern drei - sechs - neun - zwei - fünf - acht - eins - vier - sieben - null, ehe es wieder mit drei anfing; viel interessanter als das langweilige Fünfer-Einmaleins, das nur zwischen fünf und null wechselte. Aber *warum* traten beim Dreier zehn verschiedene Zahlen auf, ehe es wieder von vorne anfing, wodurch wurden diese Muster bestimmt? Das Siebener hatte zehn verschiedene Endziffern, das Sechser fünf – aber das Vierer und das Achter hatten ebenfalls fünf, er fand es merkwürdig, daß sie nicht alle verschieden waren.

Wie auch immer, zurück zu Cousine Eunice … eine Mathematikerin mußte eigentlich groß und hager sein, mit einer Brille auf der langen Nase und grauem, straff zu einem Knoten zurückgekämmtem Haar. Wie eine bitterböse Gouvernante. Aber Vater hatte gesagt, so sei sie keineswegs. Es war ihm jedoch offenbar schwergefallen, sie zu beschreiben – und das war sonderbar, denn schließlich waren sie zusammen auf Gut Courtoys aufgewachsen, ehe es verkauft wurde, um die durch den Tod des Besitzers entstandenen Verpflichtungen, die Erbschaftssteuern, zu bezahlen. Durch den Tod entstandene Verpflichtungen ... man möchte doch meinen, wenn jemand einmal tot war, hätte er keine Pflichten mehr. Für Cosmo waren Pflichten Dinge wie sich kämmen, Zähne putzen, Gesicht waschen, Bett machen, Schlafanzug aufräumen, beim Geschirrspülen helfen ... »Habt ihr eure morgendlichen Pflichten erledigt, Jungs?« pflegte Ma in strengem Ton zu rufen. »Schön, dann könnt ihr rausgehen.«

Aber angenommen, es war nicht sicher, ob jemand wirklich gestorben war, entstanden dann auch Verpflichtungen?

Er war so tief in Gedanken versunken, daß es mehrere Minuten dauerte, bis er merkte, daß jemand vor ihm stand und ihn etwas unschlüssig musterte.

»Bist du vielleicht – zufällig – Cosmo Courtoys?« Sie sprach es richtig aus, wie Curtis.

»Ja – ja, das bin ich.«

»Meine Güte, du bist ja viel größer, als ich dachte. Entschuldige, daß ich so spät komme; ich mußte noch eine Vorlesung halten. Und die Leute haben immer Fragen ... Ist das dein ganzes Gepäck? Mehr hast du nicht? Das ist gut, dann können wir sofort losfahren. Ich lasse Lob nicht gerne warten; das macht ihn todunglücklich.«

Sie wendete den Gepäckwagen mit kräftiger Hand und schob ihn weiter in die Richtung, wohin ein Schild mit der Aufschrift ›Kurzzeitparkplatz‹ wies. Und was ist mit mir? dachte Cosmo ein wenig empört, während er ihr folgte.

Wenn man mich nach einem Dreißigstundenflug warten läßt, dann ist das wohl nicht so schlimm? Doch Cousine Eunice fuhr im gleichen Tonfall fort, als hätte sie seine Gedanken gehört: »Menschen haben ganz andere Möglichkeiten, sie brauchen sich niemals zu langweilen, wenn sie lernen, mit ihrem Geist etwas Vernünftiges anzufangen, aber bei Hunden ist das anders.«

Ach so, Lob ist also ein Hund? Dann erinnerte sich Cosmo, daß sein Vater gesagt hatte: »Ob der Hund wohl noch lebt? Der alte Onkel Ted Doom – Eunices Vater – hatte einen Bernhardiner, der war ungefähr so groß wie ein Pony.«

Der Gepäckwagen hatte die teuflische Angewohnheit, seitlich auszubrechen, anstatt geradeaus zu fahren, was auf der steilen Rampe, die sie jetzt hinunter mußten, besonders lästig war; Cosmo packte von der Seite zu, um ihn zurechtzurücken, und dabei konnte er Cousine Eunice zum erstenmal richtig ansehen – er nahm jedenfalls an, daß es seine Cousine Eunice war, ausdrücklich gesagt hatte sie es freilich nicht.

Von dem Bild, das er sich von ihr gemacht hatte, stimmte nur etwa ein Prozent. Sie war groß, hatte große Hände und Füße, und ihr Haar war am Hinterkopf zu einem ziemlich komplizierten Knoten aufgesteckt, aber es war eine Masse Haar, hellblond, fast zitronengelb, wie Schlüsselblumen, und ein Teil davon hing ihr in Fransen über die Augen. Sie sah auch nicht sehr alt aus, es war schwer zu glauben, daß sie schon dreißig sein sollte. Vermutlich war ihr Gesicht ziemlich reizlos – ein großer, breiter Mund, eine gerade Nase und zwei graue Augen, die im Augenblick ungeduldig dreinschauten. »Warum können diese verflixten Dinger niemals die Spur halten – ja, so ist es besser –«. Sie waren im Freien angelangt und standen auf einem langen, ziemlich trübseligen gepflasterten Streifen unter einem Betondach, überall waren Schilder mit dem Hinweis: ›Haltestelle für Transferbusse‹ aufgestellt.

»Also«, sagte Cousine Eunice, »du wartest hier, während ich den Wagen hole. Dauert nur eine Minute; ich habe es geschafft, im Erdgeschoß zu parken.« Sie rümpfte verächtlich die Nase. »Ich habe eine Lücke mit einem Schild Flughafenmanager gefunden; *er* war nicht da, deshalb bin *ich* reingefahren. Das ist ein Vorteil –«

Sie verschwand mitten im Satz. Das kam, wie er bald feststellen sollte, bei Cousine Eunice häufig vor. Im allgemeinen bedeutete es, daß ihr etwas eingefallen war, was sie sofort zu Papier bringen mußte. Aber wenn man sie das nächste Mal sah, ganz gleich, wieviel Zeit inzwischen vergangen war, knüpfte sie genau da an, wo sie aufgehört hatte, wobei sie ganz selbstverständlich annahm, daß man noch wußte, wovon die Rede gewesen war. Das war insgesamt gesehen recht beruhigend. Auch jetzt erwies sie sich als zuverlässig und kehrte fast unmittelbar darauf in einem riesigen, hochherrschaftlich aussehenden, aber ziemlich verbeulten Wagen zurück.

»– ein Vorteil, wenn man einen Rolls hat«, fuhr sie fort. »Man kann fast überall parken, ohne daß sich jemand darüber aufregt. Jetzt werde ich dich Lob vorstellen – das ist das erste. Er mochte deinen Vater sehr gern, also wird er wohl auch bereit sein, mit dir Freundschaft zu schließen.«

Lob hatte das ein wenig traurige Gesicht aller Bernhardiner. Er saß im Fond des Wagens, denn dort war auf dem Boden genug Platz, um ihn bequem unterzubringen. Cousine Eunice öffnete die hintere Tür, der Hund streckte eine Vorderpfote heraus, und Cosmo ergriff sie. Sie war so dick wie ein Tischbein. Lobs Fell war schwarzweiß und zottig, und er verströmte einen süßlichen, muffigen Geruch. Nachdem er höflichkeitshalber einen Moment gewartet hatte, zog er seine Pfote, so geistesabwesend, als könne er sich nicht so recht erinnern, wie sie dort überhaupt hingeraten war, aus Cosmos Hand zurück.

»Er ist schon uralt«, erklärte Cousine Eunice, während sie den Kofferraum öffnete. »Er vermißt meinen Vater sehr; mein Vater ist nämlich vor zwei Jahren gestorben. Ja, richtig, leg den Tennisschläger obendrauf – gut. Und jetzt setz dich zu mir nach vorne.«

Im Rolls roch es überwältigend nach Lob, aber Cosmo nahm an, daß er sich daran mit der Zeit gewöhnen würde. Trotzdem fragte er, ob er das Fenster öffnen dürfe.

»Aber natürlich«, sagte Cousine Eunice zerstreut, während sie nach ihrer Geldbörse suchte, um die Parkgebühr zu bezahlen. »Hast du zufällig zehn Pence? Ach nein, vermutlich nur australisches Geld. Laß nur, er wird eben ein Pfund wechseln müssen. Wenn du ins Handschuhfach schaust, findest du eine Flasche Limonade – ich bin nach einem langen Flug immer vollkommen ausgedörrt.«

Es war alles zu schnell gegangen – und er war auch zu schüchtern gewesen, um vorzuschlagen, sie sollten erst noch etwas zu trinken kaufen, und jetzt war er beeindruckt, weil sie so rücksichtsvoll gewesen war, selbst daran zu denken. Limonade war freilich nicht unbedingt das, was er sich ausgesucht hätte – zu süß und zuviel Kohlensäure –, Wasser wäre ihm lieber gewesen, aber dann stellte er fest, daß es selbstgemachte Limonade war, kühl und sauer, mit kleingeschnittener Zitronenschale darin. Das erinnerte ihn wieder an Ma, und er schwieg eine Weile, während Cousine Eunice den herrschaftlichen Wagen durch die Außenbezirke des Flughafens und dann weiter auf eine Autobahn steuerte.

»Ich möchte dir etwas über die Schule erzählen, die ich für dich gefunden habe«, sagte Cousine Eunice schließlich. »Hoffentlich gefällt sie dir. Ich kenne niemanden in deinem Alter, den ich nach einer Schule hätte fragen können, aber ich habe mich bei einem Biologieprofessor an meinem College erkundigt – seine Tochter besucht diese Schule –, und er hat sie empfohlen, er sagt, ihr gefällt es dort. Bist du wirklich überhaupt noch nie zur Schule gegangen?«

»Nein, wir wohnten zu weit außerhalb. Ma hat immer Kurse und Lehrbücher von irgendeiner Erziehungsbehörde besorgt und uns selbst unterrichtet – wir haben sogar Prüfungen abgelegt –«

»Nun, diese Schule ist ziemlich klein, deshalb wird es dir, glaube ich, nicht allzu schwerfallen, dich einzugewöhnen.«

»Wie groß?«

»Zweihundert.«

Zweihundert, das hörte sich für Cosmo, der gewöhnt war, nur mit seinem Bruder zusammen zu lernen, nach sehr viel an. Er fragte: »Wo ist die Schule?«

»In Oxford. Sie heißt Morningquest-Schule, weil sie vor etwa hundert Jahren von einem Kanonikus Morningquest gegründet wurde. Sie liegt in einer Straße, die Woodstock

Road heißt. Ich habe es so eingerichtet, daß du die Woche über im Internat bleibst und die Wochenenden in der Mühle verbringst. Auf diese Weise kann ich dich mit dem Wagen hinbringen und auch wieder abholen, weil ich montags und freitags in Oxford Vorlesungen halte. Wenn du jeden Tag mit dem Bus fahren würdest, müßtest du morgens um fünf aufstehen und kämst erst um neun Uhr abends nach Hause.«

»Wie weit ist denn die Mühle von Oxford entfernt?«

»Etwa zwanzig Meilen. Aber es gibt keine direkte Busverbindung. Das nächste Dorf von uns aus ist Gitting-under-Edge, von da aus gibt es einen Bus nach Chipping Norton, und dort müßtest du umsteigen.«

»Könnte ich nicht mit dem Fahrrad fahren?«

Sie warf ihm einen schnellen Blick zu und sagte: »Wir werden sehen. Vielleicht im Sommer, wenn du dich eingelebt hast. Aber es ist ziemlich weit. Und ich dachte, zu Anfang würde es dir im Internat leichter fallen, die anderen kennenzulernen. Als ich noch zur Schule ging, war ich immer Externe, und die Internen haben uns Tagesschüler verachtet; wir fühlten uns immer minderwertig und von allem ausgeschlossen.«

Cosmo behielt seine Ansicht zu diesem Punkt für sich, denn er begriff, daß Cousine Eunice bemüht war, ihr Bestes zu tun. So fragte er nur: »Wann geht es los?«, denn er wußte nicht, ob die Schulsemester in England zur gleichen Zeit anfingen wie in Australien.

»Nächsten Montag. Dieses Semester ist bereits zur Hälfte vorbei; du hast nur noch fünf Wochen Schule, dann beginnen die Osterferien. – Hoffentlich fühlst du dich in der Mühle nicht einsam«, sagte sie, und es klang zum erstenmal ein wenig unsicher. »In der näheren Umgebung gibt es wirklich absolut niemanden. Das Dorf ist fünf Meilen entfernt – nicht gerade ideale Bedingungen.«

Wieder schwieg Cosmo und versagte es sich, seine abweichende Meinung zum Ausdruck zu bringen. Er würde in der Schule mit so vielen völlig Fremden zusammenkommen – zweihundert waren es –, da war die Aussicht auf einsame Wochenenden in der Mühle etwas, woran man sich halten konnte. Er fragte weiter: »Lebt denn auf Gut Courtoys jetzt niemand mehr? Ich dachte, es sei nicht weit von der Mühle?«

»Ungefähr eine dreiviertel Meile. Aber mit den Leuten dort kann man nicht reden.«

»Warum in aller Welt nicht? Sind sie wahnsinnig oder so etwas?«

»Nein, aber es ist jetzt eine Forschungsstation des Gesundheitsministeriums. Dort werden Leute zu Versuchszwecken mit Erkältungen und anderen Krankheiten infiziert, und deshalb haben sie strenges Ausgangsverbot und dürfen nicht in die Öffentlichkeit. Sie dürfen das Gelände nicht verlassen. Und das Land um das Haus herum – ungefähr fünftausend Hektar – wird als Versuchsfarm geführt. Du wirst Mr. Marvell kennenlernen, der die Farm bewirtschaftet, ein netter Mann. Er benutzt die landwirtschaftlichen Gebäude beim Mühlenhaus und hat seine eigene Theorie über Pferde und Traktoren – duldet keinen Traktor auf der Farm. Statt dessen hat er Zugpferde – Suffolk Punches.«

»Wie viele?« fragte Cosmo, sein Interesse war geweckt.

»Fünf – Queenie, Blossom, Duchess, Prince und Duke, – Da ist Oxford«, sagte Eunice im gleichen Tonfall und nickte zur Seite hin, wo durch den Dunst des Vorfrühlingsnachmittags schwach ein paar Türme und Schlote zu erkennen waren.

»Fahren wir nicht durch?«

»Nein, wir nehmen die Umgehungsstraße. Das geht schneller. Von Oxford bekommst du bald genug zu sehen.«

Lob, eine riesige, träge Masse, hatte im Fond des Wagens gelegen und auf das Ende der Fahrt gewartet, aber jetzt witterte er offenbar den Geruch der Heimat, setzte sich auf und gab dabei einen neuen Schwall seines seltsam muffigen, an Hefe erinnernden Geruchs ab. Cosmo vermutete, daß Cousine Eunice sich inzwischen wohl daran gewöhnt hatte, aber als ob sie ihm den Gedanken aus dem Gehirn gezogen hätte, sagte sie: »Er riecht wirklich... Er ist ein sehr, sehr alter Hund. Wenn du willst, kannst du das Fenster weiter aufmachen. – Jetzt dauert es nur noch eine Viertelstunde.«

Sie verließen die Autobahn über einen Kreisverkehr und folgten einer kleineren Straße; bald bogen sie auf eine noch kleinere ab, und schließlich ging es in einen wirklich engen Weg zwischen hohen Böschungen hinein, die die Aussicht versperrten. Kurz darauf gelangten sie auf einen Feldweg mit tiefen Furchen, der in Abständen von Gattern versperrt war. Die Luft war feucht, frisch und kühl, als Cosmo ausstieg, um die Gatter zu öffnen; beim Einatmen überfiel ihn plötzlich eine schmerzlich lebhafte Erinnerung an eine lang, lang vergangene Zeit. Er war mit seinem Bruder Mark durch einen Graben gewatet, das Wasser hoch und reißend vom Frühlingsregen – grüne Wasserpflanzen schwammen wie Nixenhaar in langen, geraden Strähnen in der Strömung –, das Wasser lief ihm oben in die Gummistiefel hinein ...

»Ich finde es toll, jemand zu haben, der mir die Gatter aufmacht«, sagte Cousine Eunice. »Bisher mußte ich das immer selbst tun. Lob ist dazu überhaupt nicht zu gebrauchen.«

»Die Gatter sind lästig, nicht wahr?«

»Ja, aber sie halten Unbefugte und Wochenendausflügler ab. Mr. Marvell ist da sehr eigen, die Gatter müssen immer geschlossen bleiben, sonst könnten die Leute vielleicht nach einem Picknick zerbrochene Bierflaschen auf seinen Feldern liegenlassen, und wenn die Jerseys Glasscherben fressen, gehen sie elend zugrunde.«

Sie deutete wieder mit einer Kopfbewegung zur Seite, wo ein paar kleine, zierliche mausgraue Kühe mit riesigen, schwarz umrandeten Augen weideten. »Deshalb hängen an den Gattern auch all diese Verbotsschilder.«

Auf den Schildern stand: ›Versuchsfarm des Umweltministeriums. Zutritt für Unbefugte *strengstens* verboten.‹

»Das war das letzte Gatter«, sagte Cousine Eunice, als Cosmo es zuschlug. »Jetzt sind wir fast zu Hause.«

Nun führte der Weg ohne Zäune zwischen zwei schwarz glänzenden, frischgepflügten Äckern hindurch, wo hellgrüne Keimlinge in geraden Reihen aus dem Boden spitzten; dann umfuhren sie einen langen, flaumig aussehenden, mit kahlen Bäumen bestandenen Höhenrücken, und Cousine Eunice legte einen niedrigeren Gang ein. »Hier geht es ziemlich steil bergab, und manchmal sieht man auch Dachse.«

Der Weg fiel zwischen hohen Böschungen steil ab – ein Tunnel, über dem die Bäume ein Dach bildeten; als sie herauskamen, sahen sie vor sich eine grüne, kreisrunde Wiese, um die sich der steile, bewaldete Hang wie ein Hufeisen herumbog.

»Oh, daran kann ich mich erinnern«, sagte Cosmo.

»Wie alt warst du, als du hierherkamst? Sechs? Nun, so eine Stelle vergißt man nicht so leicht.«

Vor ihnen stand das Haus: alte rotbraune Ziegel mit Fachwerk dazwischen, schwarzen Holzbalken, die sich im Zickzack kreuz und quer hindurchzogen, das Dach mit goldenen Flechten überzogen, dicht daneben hohe Bäume. Der Fluß führte im Bogen auf beiden Seiten bis an den Wald heran, so daß die große Wiese fast wie eine Insel war; und hinter dem Haus führte ein kleiner Holzsteg auf eine richtige Insel und zu den Mühlengebäuden.

»Kannst du schwimmen?« fragte Cousine Eunice, plötzlich von Zweifeln erfaßt. »Du warst so lange im tiefsten Australien – wie viele Jahre eigentlich?«

»Fünf. Fast sechs. Aber wir sind in den Ferien immer an einen Ort namens Coff's Harbour gefahren. Ich kann recht gut schwimmen«, versicherte ihr Cosmo.

»Das beruhigt mich. Trotzdem mußt du am Wehr vorsichtig sein. Die Unterströmung ist sehr stark – du würdest hundert Meter weit am Boden entlanggeschleift werden, wenn du dort hineinfielest. Also paß bitte auf, ja? Der Fluß ist kein Problem – dein Vater und ich haben ihn früher ›Dribble‹ genannt, den Kleckerer. – Da ist Mrs. Tydings.«

Beim Anblick der Gestalt, die aus der Tür stürmte, als der Wagen langsamer wurde und zum Stehen kam, brach wieder eine jähe Erinnerung über Cosmo herein – sie sah aus wie eine stämmige, quicklebendige Spitzmaus mit ihrer blauweiß bedruckten Schürze, den schwarzen Schnürschuhen und dem kurzgeschnittenen, weißen Haar, das mit einer Spange straff nach hinten gehalten wurde. Lob war schon dabei, sich zu erheben und wartete ungeduldig, daß die Tür geöffnet wurde.

»Na, Miss Eunice, wie ich sehe, haben Sie ihn also gefunden. Und für den Heimweg haben Sie wirklich nicht lange gebraucht. Es ist alles für den Tee bereit. Und ich meine, wenn er gegessen hat, gehört er schleunigst ins Bett.

Dreißig Stunden in der Luft – du meine Güte! Na, du bist ja wirklich mächtig in die Höhe geschossen«, sagte sie und musterte Cosmo. »Wahrscheinlich kommt das von den ganzen Eukalyptusbäumen – angeblich sorgen die für ein gesundes Klima. Du erinnerst dich wohl nicht mehr an mich, wie?«

»O doch«, antwortete Cosmo. »Sie haben mir ein Entenei geschenkt, und Sie wohnten in einem kleinen Haus auf der anderen Seite der Wiese. Sie hatten Hühner und eine Katze namens Bubbles, eine graue Katze.«

»Ist denn das die Möglichkeit! Ich habe sie immer noch – sie ist jetzt zwölf. Daß du dich daran noch erinnerst! Aber komm jetzt – ich habe das Teewasser schon aufgesetzt. – Und wie geht es deinem Vater?«

Cosmo gab meist unverbindliche Antworten, während er ihr mit einem Teil seines Gepäcks ins Haus folgte. Der erste Raum war riesig – er stellte fest, daß er sich auch daran erinnerte –, Ziegelboden, eine nach oben führende Treppe, ein großer offener Kamin, in dem ein Holzfeuer brannte, ein bequemes, durchgesessenes Sofa mit dazugehörigen Sesseln, ein Refektoriumstisch, mit Papieren und Büchern übersät. Und nahe am Kamin ein kleinerer, für den Tee gedeckter Tisch.

Nach dem Tee – Kartoffelküchlein, Brombeermarmelade und Nußkuchen – hatte Cosmo allmählich das Gefühl, als könne er hundert Jahre lang schlafen. Trotzdem fragte er: »Darf ich noch rausgehen und mich umsehen. Nur ein bißchen?«

»Verlauf dich bloß nicht, und fall mir ja nicht ins Wehr!« fauchte Mrs. Tydings, aber Cousine Eunice sagte gelassen: »Es wird schon nichts passieren, Emma; und wenn er ein bißchen frische Luft schnappt, kann er sicher besser einschlafen. Geh nur, Cosmo; du mußt sowieso bald reinkommen, wenn es dunkel wird.«

Draußen roch es geheimnisvoll – nach Wasser, Dämmerung und wachsenden Pflanzen. Ein Weg aus riesigen Steinplatten führte über den samtigen, bemoosten Grasteppich im Winkel des L-förmigen Hauses – und wieder überkam ihn eine Erinnerung: wie er mit sechs Jahren versucht hatte, von einer Platte zur nächsten zu springen, es aber nicht ganz geschafft hatte. Dem vier Jahre älteren Mark dagegen war es mühelos gelungen …

Zuerst ging er zu dem kleinen Steg, blieb lange darauf stehen und schaute hinunter in das klare Wasser, das heranströmte, ein Zopfmuster bildete und davonschoß; es machte nur sehr wenig Lärm, weil es solche Eile hatte, das Ende der Insel zu erreichen. Doch auf der anderen Seite, hinter den Mühlengebäuden – er würde heute abend nicht hineingehen, sie sahen zu dunkel und unheimlich aus, und Cousine Eunice hatte ihn gewarnt, die Böden seien morsch und tückisch und das Mahlwerk könne jeden Moment durchbrechen –, auf der anderen Seite der Insel war das Wehr, und dort stürzten Tonnen von Wasser in einem Nebel von Schaum in die Tiefe. Hier war der Lärm ohrenbetäubend – komisch, daß es am Steg so ruhig war. Ja, als er wieder über die Insel zurückgegangen war und sich erneut auf den Steg stellte, hörte er ganz deutlich eine Stimme, die zu ihm zu sprechen schien. Sie sagte in sanftem Plauderton: »Ach, du bist also wieder hier. Wo ist der andere Junge? Wart ihr nicht zu zweit?«

Überrascht sah er sich um; er hatte geglaubt, er sei allein. Sehen konnte er niemanden, aber die Stimme hatte sich angehört, als käme sie von dem Pfad, der am Flußufer entlang zu der Seite der Wiese führte, wo der Wald nach oben anstieg – gegenüber dem Weg, auf dem sie mit dem Wagen gefahren waren. Dort, so erinnerte er sich, kam der Bach in einer Reihe von Wasserfällen heruntergestürzt – der Bach, den er und Mark gestaut hatten. Und ein dritter Junge hatte ihnen dabei geholfen – wie hatte er doch geheißen? Die Stimme hatte die Erinnerung wachgerufen.

Aber obwohl Cosmo dem Pfad bis in den Wald hinein und den steilen Hang hinauf folgte, sah er niemanden. Wer auch immer zu ihm gesprochen hatte, er mußte sich sehr schnell und leise davongemacht haben. Er fand jedoch den Bach, kleiner, als er ihn in Erinnerung hatte, und ziemlich verstopft mit totem Reisig und Laub. Morgen werde ich ihn ausräumen, nahm er sich vor. Vielleicht kommt der unbekannte Junge dann zurück.

Von dem Feld oberhalb des Waldes hörte er plötzlich das laute Trommeln riesiger Hufe, und Mr. Marvell und seine fünf Suffolk Punches Prince, Blossom, Queenie, Duchess und Duke fielen ihm wieder ein. Eines von den Pferden tobte sich wohl da oben zum letztenmal so richtig aus, ehe die Dunkelheit hereinbrach. Auch das war etwas, was er sich morgen ansehen würde ...

Vom Haus her hörte er Cousine Eunice rufen. »Cosmo! Huhu! Schlafenszeit.«

Er hatte dasselbe Zimmer, in dem er damals mit Mark geschlafen hatte: langgestreckt, verwinkelt, mit einem Kleiderschrank, der eine ganze Seite einnahm, einem sehr niedrigen Fensterbrett und einer schrägen Decke. Auf einem Bücherregal standen alte Bücher mit Goldschnitt, die Cosmos Vater gehört hatten.

»Hier hast du eine Taschenlampe für die Nacht«, sagte Cousine Eunice. »Merk dir, wo das Bad ist – drei Stufen nach unten und dann links. Das gab es noch nicht, als du das letztemal hier warst. Und mein Zimmer liegt gegenüber, falls du etwas brauchst oder nicht schlafen kannst.«

»Wo ist Mrs. Tydings?«

»Ach, sie wohnt immer noch in ihrem Häuschen auf der anderen Seite der Wiese.«

»Cousine Eunice«, sagte er, »erinnerst du dich an einen Jungen, der öfter gekommen ist, um mit Mark und mir zu spielen, als wir damals hier waren? Er hieß Len, Ken oder Tom – etwas in der Art?«

Aber Cousine Eunice – die schließlich während dieses

Besuches nicht zu Hause gewesen war – konnte sich an keinen solchen Jungen erinnern.

Cosmo streckte sich in seinem bequemen Bett mit der Kuhle aus und fühlte sich wie ein ausgewrungenes Handtuch, als er sein Tagebuch – ein kleines, dickes Büchlein – aus seiner Jackentasche nahm und schrieb. »Heute zur Courtoys-Mühle gekommen. Cousine Eunice scheint in Ordnung zu sein. Die Insel ...«

Dann fiel ihm der Stift aus den Fingern, und er war eingeschlafen.

2

Ältere Brüder

Regenschauer peitschten über das Land, als Cousine Eunice mit Cosmo am Montag nach Oxford fuhr. Er trug zum erstenmal die Uniform der Morningquest-Schule, die bereits im voraus für ihn bestellt worden war (sein Vater hatte die Maße aus Australien geschickt). Es war eine strenge Uniform – schwarzer Regenmantel und Blazer, weißes Hemd, graue Hose und eine grau, schwarz und weiß gestreifte Krawatte.

»Du kommst mir vor wie ein Börsenmakler«, sagte Cousine Eunice.

Aber im Gegensatz zum Wochenende, wo sie in Jeans, Pullover und mit einem locker geflochtenen Zopf herumgelaufen war, sah auch sie in ihrem Schneiderkostüm, den Nylonstrümpfen und dem straff hochgesteckten Haar unerwartet tüchtig und imposant aus. In den Fond des Wagens hatte sie eine weite schwarze Robe geworfen, die sie bei ihren Vorlesungen tragen mußte, wie sie sagte. »Das schüchtert die Studenten ein, und sie passen besser auf, weil ich damit aussehe wie Draculas Tante.« Cosmo wollte wissen, wovon die Vorlesung handelte.

»Von dem Versuch, Gleichungen fünften Grades zu lösen, die angeblich unlösbar sind.«

»Tatsächlich? Warum?«

»Es gibt immer noch Dinge, die unlösbar sind«, sagte

Cousine Eunice. »Auch wenn vielleicht Lösungen existieren, kommen wir nicht an sie heran. Wir können auch manche Ereignisse nicht erklären, obwohl sie vor unseren Augen geschehen. Neulich las ich von einem Jungen, der Plastiken aus Büroklammern macht, ohne sie dabei zu berühren. Er kann das sogar, wenn die Büroklammern sich innerhalb einer Glaskugel befinden.«

»Wie?«

»Wie er das macht, weiß man nicht. Aber er tut es. Und nicht durch Zauberei. Vor zweihundert Jahren hätte man es allerdings Zauberei genannt – wahrscheinlich hätte man ihn damals deswegen verbrannt. Heute wissen wir, daß es etwas mit Strahlung zu tun hat, mit Vibrationen; es gibt Menschen, die auf die gleiche Weise Metallstücke durch Mauern befördert haben, ohne ein Loch in die Mauer zu machen oder das Metall zu verbiegen. Es läuft alles darauf hinaus, daß wir eine falsche Vorstellung von Materie haben. Es gibt Dinge, die an zwei Orten gleichzeitig sein können.«

Cosmo merkte, wie ihm die Sache entglitt, aber er verfolgte sie verbissen weiter.

»Vielleicht ist unsere Vorstellung von Zeit falsch? Gleichzeitig – wenn du sagst, an zwei Orten gleichzeitig –, vielleicht ist das nicht so, wie wir uns das denken? Als ich von Australien hierherkam, ist die Zeit ständig hin- und hergesprungen; das Flugzeug erreichte manche Orte, ehe es überhaupt gestartet war. Und wenn wir auf einem fernen Stern wären und auf die Erde schauten, würden wir immer noch Dinge sehen, die vor langer Zeit passiert sind.«

»Ja, so in etwa.« Ein heftiger Regenguß prasselte gegen die Windschutzscheibe, und sie schaltete die Scheibenwischer auf doppelte Geschwindigkeit. »Hoffentlich habt ihr in der Morningquest-Schule einen guten Lehrer für Naturwissenschaften; Dick Soames sagt, er hält den Mann für nicht schlecht. Er heißt Mr. Ramsden.«

»Ich wünschte wirklich, ich müßte nicht zur Schule gehen«, sagte Cosmo. »Die Schule wurde sicher nur erfunden, weil Eltern keine Lust haben, sich selbst um ihre Kinder zu kümmern.«

Cousine Eunice überlegte. »Durchaus möglich. Aber sie hat auch einige Vorteile. Schließlich muß man, besonders in der heutigen Zeit, eine Menge Dinge lernen, nur um am Leben zu bleiben; sieh dir doch nur an, wie hilflos Babys sind, sie können nicht einmal eine Büchse Sirup aufmachen. Auf sich allein gestellt würden sie keinen einzigen Tag überstehen. Schulen sollten – ich behaupte nicht, daß es so ist – Einrichtungen sein, wo man dieses ganze Wissen sehr schnell und konzentriert aufnehmen kann. Und wo man natürlich auch Freundschaften schließen und lernen kann, mit anderen Menschen auszukommen.«

Cosmo war der Ansicht, darauf hätte er ganz gut verzichten können.

Dann sagte Cousine Eunice: »Ich habe noch nicht über deine Mutter und Mark mit dir gesprochen.«

Darüber war er froh gewesen.

»Ich dachte, es wäre dir im Moment wahrscheinlich lieber so«, fuhr sie fort. »Aber wenn du willst, jederzeit – manchmal hilft es, wenn man sich aussprechen kann –«

Genau in diesem Augenblick hätte er gar nichts sagen können. Seine Kehle war wie zugeschnürt. Er konnte nicht einmal nicken. Als sie das sah, wechselte sie das Thema:

»Also, du mußt mir unbedingt sagen, wenn du in der Schule etwas brauchst, was du nicht hast. Ich bin diese schreckliche gedruckte Liste von oben bis unten durchgegangen, aber Listen sind nicht immer vollständig. Mrs. Robinson (das ist die Hausmutter) sagte, ich könnte dich heute abend etwa gegen fünf anrufen. Und wenn du dann feststellst, daß du eine – eine Aktenmappe oder einen Magneten oder sonst etwas brauchst, woran ich nicht gedacht habe – dann könnte ich es für dich besorgen und es im Lauf der Woche in der Schule abgeben.«

»Aber ich dachte, du kommst vor Freitag nicht wieder nach Oxford?«

»Ach«, sagte sie, »manchmal fahre ich zum Einkaufen rein. Der alte Lob hat einen Einkaufsbummel hin und wieder ganz gern, und außerdem – liebt er die Gerüche der Stadt. Und Emma auch.«

Lob hatte heute nach einem Blick auf das Wetter beschlossen, zu Hause zu bleiben, und sich mit einem Seufzer auf der großen Kaminplatte niedergelassen, die vom lodernden Feuer des gestrigen Tages noch warm war.

Insgesamt war es ein schönes Wochenende gewesen. Am Samstag hatte Cosmo festgestellt, daß er nun doch keine Lust hatte, den Bach erneut aufzustauen, jedenfalls nicht gleich; das würde ihn zu sehr an Mark erinnern. Statt dessen kletterte er durch den Wald nach oben und freundete sich mit Mr. Marvell und mit Prince und Blossom an, die einen Pflug durch die schwarze Erde zogen, die so feucht und klebrig war wie Schokoladenkuchen. Danach lernte er Duke und Duchess kennen, die vor einen Karren mit Mangold für die Schafe gespannt waren. Auf Duchess' breitem

Rücken hatte er sogar reiten dürfen. Und dann hatte er die Insel erforscht, die völlig von Holunderbüschen überwuchert war und wo es bald massenhaft Brennesseln geben würde; ein großartiger Platz für eine Festung. Am Sonntag hatte er Cousine Eunice geholfen, im Obstgarten Bäume zu beschneiden und mit einer sehr leistungsfähigen elektrischen Schere eine Eibenhecke zu stutzen. Am Nachmittag hatte es geregnet, aber da konnte man sich vor das große Feuer in dem steinernen Kamin setzen und in Vaters alten Büchern schmökern.

Seine eigenen waren mit dem Schiff unterwegs.

»Wenn du in der Schule erst einmal Freunde gefunden hast, kannst du über das Wochenende gerne jemand mitbringen«, sagte Cousine Eunice. »Zimmer haben wir genug.«

»Ach, ich glaube nicht, daß ich das will.«

»Wir sind da«, sagte sie.

Sie waren endlos lange, wie es schien, die Woodstock Road entlanggefahren, eine breite Straße mit großen älteren Häusern hinter niedrigen Mauern und glänzenden sattgrünen Nadelbäumen auf beiden Seiten; in einigen Gärten wuchsen Krokusse und ein paar Narzissen. Nun glitt der Rolls würdevoll die halbkreisförmige Auffahrt eines besonders großen, hohen Hauses entlang, dessen Fassade mit Türmchen und Steinbalkonen reich verziert war, und hielt an; zwei große Steinkugeln schmückten die Balustrade auf beiden Seiten der drei Stufen, die zur Eingangstür hinaufführten.

»Der Rolls müßte dir jedenfalls einen guten Start verschaffen«, sagte Cousine Eunice.

Ein alter Mann (Goodger, das Faktotum, wie Cosmo später erfuhr) kam heran, holte das Gepäck aus dem Kofferraum und warf dabei einen Blick auf den Wagen, der liebevollen Respekt verriet. Jungen und Mädchen verschiedenen Alters strömten vorn und an den Seiten durch die Eingänge; die Jungen trugen die gleiche Uniform wie Cosmo, die Mädchen hatten unter ihren schwarzen Regenmänteln graue Röcke und schwarze Kniestrümpfe an.

Eine grauhaarige Frau (»Mrs. Robinson, die Hausmutter«, zischte Cousine Eunice) empfing sie in der Eingangshalle. Sie hatte gütige, dunkle Augen, und ihre Haut sah so blaß und ein wenig schwammig aus wie roher Teig; sie trug ein Twinset und einen Rock in Hahnentrittmuster. »Das ist also Cosmo«, sagte sie mit sanfter Stimme und schottischem Akzent. »Wir freuen uns sehr, daß du zu uns kommst, Cosmo, auch wenn es schon so spät im Semester ist. Und Sie haben sicher eine Menge zu tun, Professor Doom, ich will Sie also nicht aufhalten.«

»Das heißt, sie will mich loswerden«, sagte Cousine Eunice zu Cosmo. »Also, ich verabschiede mich erst einmal, wir sehen uns dann am Freitag etwa gegen vier. Und heute abend um fünf rufe ich dich an.« Sie winkte ihm kurz zu und lief die Treppe hinunter.

»Professor Doom ist eine sehr berühmte Frau«, sagte Mrs. Robinson. »Richtig, Goodger, bringen Sie Cosmos Koffer hinauf in den Ruskin-Schlafsaal. Du hast Glück, daß du eine solche Tante hast, ich kann mir vorstellen, daß sie dir in Mathematik und Naturwissenschaften eine große Hilfe sein wird. Ich werde dir jetzt zeigen, wo du schläfst, und dann ist es Zeit für die Morgenandacht. Danach will sicher Mr. Gabbitas mit dir sprechen; er ist der Direktor, aber das weißt du wahrscheinlich.«

Cosmo folgte Mrs. Robinson und beschloß dabei, den Irrtum, Eunice sei seine Tante, nicht aufzuklären; was machte es schließlich aus? Die Treppe war mit einem sehr dicken, strapazierfähigen Kokosläufer belegt, und an der Wand hingen mit Daten versehene alte Schulfotografien. Oben roch es intensiv nach Linoleum und Möbelpolitur, und man sah viele Türen, die in Klassenzimmer führten; dann ging es noch ein Stockwerk höher zu den Schlafsälen, die, wie er erfreut registrierte, nicht mehr als jeweils vier oder fünf Betten enthielten; er hatte sich lange Reihen vorgestellt wie in einem Krankenhaus.

»Das ist dein Schlafsaal, Ruskin, und da in der Ecke steht dein Bett«, sagte Mrs. Robinson. Goodger hatte seine Koffer schon hingestellt. Es gab eine Kommode, einen Stuhl und einen Waschständer. »Auspacken kannst du heute abend, dafür ist jetzt keine Zeit. Ich bringe dich nun in dein Klassenzimmer hinunter, du bist in der Remove.«

»Was heißt Remove?«

»Das ist der Name der Klasse, die du besuchen wirst«, erklärte Mrs. Robinson geduldig. »Die unterste Klasse der Schule sind die Juniors, die Anfänger, dann kommen drei Grundschulklassen, die Preparatories, danach die Remove, eine Art Orientierungsstufe, dahin gehörst du, drei Mittelstufenklassen, die Intermediates, drei Oberstufenklassen, die Shells, und schließlich die Abschlußklasse, die Seniors. Du bist also etwa in der Mitte.«

»Was für merkwürdige Namen.«

»Shell kommt vom französischen *échelle*, das bedeutet Leiter. Und hier ist dein Klassenzimmer.«

Sie waren wieder in das erste Stockwerk hinuntergestiegen. Mrs. Robinson öffnete eine Tür, und dahinter befand sich ein Raum, in dem grau und weiß gekleidete Gestalten eifrig damit beschäftigt waren, Bücher aus den Spinden zu holen und sie auf die Tische zu legen.

»Charley!« rief sie. »Das ist Cosmo Courtoys, zeige ihm bitte, wo sein Platz ist, und nimm ihn mit hinüber zur Andacht. Und warum, wenn ich fragen darf, ist deine Krawatte so schlampig gebunden?« Sie löste, knotete und straffte den anstoßerregenden Binder mit drei flinken Bewegungen. Charley, ein Junge, der mit Sommersprossen übersät war wie ein Vogelei, ließ es sich mit einem resignierten Grinsen gefallen.

»Schön, Cosmo, wir sehen uns später.« Mrs. Robinson verschwand, und eine Glocke begann zu läuten.

»Das ist für die Andacht«, sagte Charley. »Komm.«

Alle im Raum Versammelten – es schienen etwa ein Dutzend zu sein, in Wirklichkeit waren es nur zehn, wie Cosmo später feststellte – trampelten die Treppe hinunter, liefen durch eine Seitentür ins Freie, über ein paar Eisenstufen und weiter durch einen überdachten Gang in die Aula, ein großes Holzgebäude mit einer Bühne an einem Ende. Unterwegs bemerkte Cosmo einen winterlich aussehenden Garten, einen Hartplatz zum Tennisspielen, momentan eine einzige riesige Pfütze, in der gelbe Blätter schwammen, eine Schaukel, eine Wippe, ein Stück durchweichten Rasen und ein paar Kieswege. Alles sah recht trübselig aus.

In der Aula stellte sich jede Klasse in einer Reihe auf. Aus dem Augenwinkel sah Cosmo, daß in seiner Reihe außer ihm selbst vier Mädchen und sechs Jungen standen. In den vorderen Reihen drehten sich mehrere Leute um und starrten ihn an; er kam sich in seiner neuen, adretten Uniform sehr auffallend vor.

Ein Mann und eine Frau betraten mit energischen Schritten die Plattform; eine Hymne wurde gesungen – »He who would valiant be« – Cosmo kannte sie zu seiner Erleichterung –, ein paar Gebete wurden gesprochen, dann ging man wieder auseinander. Die Schüler der Remove kehrten in ihr Klassenzimmer zurück, wo sie bereits von einem Mann mit roter Nase und rotblondem Haar erwartet wurden.

»Ach, wir haben ja heute einen neuen Mitschüler bekommen, Cosmo Courtoys«, sagte er. »Du setzt dich am besten dorthin, Cosmo.«

Im Raum standen drei Tische mit jeweils vier Stühlen; der Mann zeigte auf einen freien Platz, und Cosmo ging hin und setzte sich neben ein Mädchen mit Zöpfen, das ihm einen kühlen Blick zuwarf.

»Eigentlich spricht man meinen Namen wie Curtis aus«, sagte er zu dem rotblonden Mann.

»Wie bitte?«

»Mein Name. Er wird wie Curtis ausgesprochen.«

Ein Kichern lief durch den Raum. Cosmo wurde rot.

»Du solltest immer die Hand heben, ehe du mit einem Mitglied des Lehrkörpers sprichst«, erklärte ihm der Rotblonde. »Schön: dann eben Curtis. Hoffentlich habt ihr diese Information alle in euch aufgenommen«, sagte er zum Rest der Klasse. »Cosmo kommt gerade aus Australien; er kann uns sicher alles über Beuteltiere und, äh, *Billabongs* erzählen, wenn wir uns mit Geographie beschäftigen. Im Augenblick müssen wir uns jedoch mit dem Dezimalsystem befassen.«

Cosmo hatte das Dezimalsystem schon durchgenommen und fand es nicht weiter schwierig. Doch nach etwa zehn Minuten streckte jemand den Kopf zur Tür herein und sagte: »Cosmo Courtoys soll zum Direktor kommen.«

»Er besteht darauf, daß sein Name wie Curtis ausgesprochen wird«, sagte der Mann mit dem rotblonden Haar. Diesmal lachten alle ganz offen. Cosmo stand mit glühenden Wangen auf. Was war denn an seinem Namen um Himmels willen so komisch?

Er folgte dem Kopf (er gehörte einem der Jungen aus der Senior-Klasse) durch einen spiegelblank gebohnerten Gang zu einer halb geöffneten Tür.

»Hier ist Cosmo Courtoys, Sir.« Der Junge gab sich keine Mühe, den Namen richtig auszusprechen, vielleicht war er der Ansicht, daß Cosmo noch zu jung sei, um solche Sonderrechte zu beanspruchen.

»Ach ja. Komm rein und mach die Tür zu.«

Mr. Gabbitas, der Direktor, war der weißhaarige Mann, der die Gebete gelesen hatte. Er hatte, dachte Cosmo, ein Gesicht wie ein Saluki, lang und ziemlich sanft; um den Eindruck abzurunden, hätten auf beiden Seiten noch lange, seidige Ohren herabhängen müssen.

»Setz dich, mein lieber Curtis« (*er* sprach den Namen richtig aus). »Ich will dich nicht lange aufhalten, weil du sicher möglichst schnell deine Klassenkameraden kennenlernen möchtest.« Cosmo widersprach nicht, sondern setzte sich folgsam. Das Zimmer des Direktors war klein und behaglich, an den Wänden hingen drei interessante Bilder, die er sich gerne genauer angesehen hätte, aber Mr. Gabbitas sprach schon weiter. »Nun, hier wird dir in der nächsten Zeit alles noch ziemlich fremd vorkommen, nehme ich an; deine Cousine hat mir erzählt, daß du mitten in der Wildnis gelebt hast und daß dir das Unterrichtsmaterial per Post zugeschickt wurde, ist das richtig? Die vielen fremden Gesichter werden anfangs ziemlich anstrengend für dich sein, aber ich bin überzeugt davon, daß du dich bald einleben wirst; die Schule hier ist eigentlich gar nicht so groß, und du wirst hoffentlich feststellen, daß wir alle recht umgängliche Leute sind.«

Er hielt inne und lächelte. Cosmo war sich bewußt, daß jetzt eigentlich die Reihe an ihm gewesen wäre, aber er wußte nicht, was er sagen sollte.

»Nun«, fuhr Mr. Gabbitas fort, »habe ich beschlossen – beziehungsweise habe ich mit den anderen Mitgliedern des Lehrkörpers darüber gesprochen, und *wir* haben beschlossen –, daß es im ganzen gesehen wohl vernünftiger ist, wenn wir den anderen Jungen und Mädchen in der Schule nichts von deinem traurigen Verlust erzählen.«

Verlust, dachte Cosmo teilnahmslos; das ist genau das richtige Wort.

»Du hast eine sehr schwere Zeit hinter dir«, fuhr Mr. Gabbitas fort, »und wir finden, es ist das beste für dich, wenn nicht alle darüber reden und spekulieren und daraus ein *Geheimnis* machen; so etwas passiert so leicht, nicht wahr?«

»Ja, Sir.«

»Folglich hat man den anderen über dich, Cosmo, nur

erzählt, daß deine Verwandten in Australien sind, daß du alleine hier herübergekommen bist, um zur Schule zu gehen, und daß du bei deiner sehr berühmten Cousine wohnst. Und wenn es dir recht ist, werden wir es dabei belassen.«

»Jawohl, Sir.«

»Das ist doch auch wirklich in deinem Sinne, oder? Du findest doch auch, daß es am besten ist, schmerzliche Dinge hinter sich zu lassen – versuche doch einfach, am ganz gewöhnlichen Schulalltag teilzunehmen. Ich bin sicher, daß du hier bald Freunde finden wirst.«

»Jawohl, Sir.«

»Allerdings«, fuhr Mr. Gabbitas fort, »ich weiß nicht, ob deine Cousine es dir erzählt hat, aber ich bin nicht nur Direktor, sondern außerdem auch Psychiater; das heißt eine Art Seelenarzt. Falls du dich jemals unglücklich fühlst, Cosmo, falls du dir über irgend etwas Sorgen machst oder etwas nicht verstehst – falls es dir also nicht gelingen sollte, dich einzuleben –, kannst du jederzeit zu mir kommen, und ich werde versuchen, dir zu helfen. Du brauchst es nur deinem Klassenlehrer, Mr. Cheevy – oder Mrs. Robinson – zu sagen, dann werden sie für dich einen Termin vereinbaren. In Ordnung? Und jetzt lauf, schließlich haben wir beide sehr viel zu tun.« Zum Zeichen, daß die Unterredung damit zu Ende war, schenkte er Cosmo ein freundliches – etwas zu freundliches? – Lächeln, bei dem sich sein Gesicht bis hinauf zu den Augen in Fältchen legte, und dann suchte sich Cosmo den Weg zurück zum Klassenraum der Remove. Immerhin, dachte er, weiß ich jetzt, daß der Mann mit den rotblonden Haaren Mr. Cheevy heißt.

Im Laufe des Tages lernte er auch, seine Klassenkameraden auseinanderzuhalten. Die vier Mädchen hießen Rebecca, Sheil, Tansy und Meredith. Rebecca war eine Deutsche, kräftig, blond, fröhlich und geschickt in allem, was sie tat. Sheil war klein und schweigsam und schielte ein wenig auf einem Auge; Tansy hatte glänzendbraune Locken und kicherte viel; Meredith war das Mädchen mit den dunklen Zöpfen, das ihn so kühl und prüfend angesehen hatte, als er sich zum erstenmal neben sie setzte.

Bei den Jungen fand er sich nicht so leicht zurecht, weil es mehr waren. Cosmo erkannte sofort, daß der sommersprossige Charley der Anführer in der Klasse war: nicht etwa, weil er ein hellerer Kopf gewesen wäre als die anderen, sondern weil er vor Aktivität und Selbstbewußtsein nur so strotzte; infolgedessen war sein Freund Molesworth, den alle Moley nannten, sein Stellvertreter, nicht, weil er irgendwelche Führungsqualitäten besessen hätte, sondern weil er eben Charleys Freund war. Moley schien eigentlich ganz in Ordnung zu sein; er war ziemlich ruhig und blaß, und sein Gesicht war eher unscheinbar, aber er hatte die Angewohnheit, kurze, trockene, witzige Bemerkungen zu machen. Oft geschah dies so leise, daß nur die Leute an seinem Tisch sie mitbekamen, aber eine davon hörte Cosmo. Als Mr. Cheevy am Ende der Stunde seine Bücher zusammenpackte und den Raum verließ, bemerkte Cosmo, daß die Hände des Lehrers ziemlich stark zitterten; ein paar Blätter entglitten ihm, und die stets gefällige Rebecca sprang auf, sammelte sie ein und gab sie ihm zurück.

»Beim Eierlaufen hat der keine Chance«, murmelte Moley, ohne eine Miene zu verziehen.

Cosmo war so überrascht, daß er laut auflachte, und mehrere seiner Mitschüler sahen ihn mit hochgezogenen Augenbrauen an; offenbar gehörte es sich nicht, als Neuer über einen Witz zu lachen.

Den Außenseiter der Klasse herauszufinden war nicht schwer; das war ein Junge mit Namen Tom Bunthorne, den alle, einschließlich der Lehrer, Bun nannten. Er war groß und kräftig, bewegte sich schwerfällig und brachte ständig alles durcheinander; keine einzige Frage konnte er richtig beantworten, und die Bemerkungen, die er von sich gab, waren so dumm, daß alles stöhnte, wenn er nur den Mund aufmachte. Aber er gab nie auf und zeigte unermüdlich ein breites, hoffnungsvolles Lächeln, bei dem man seine ungeputzten Zähne sah. Seine Haut war trocken und schuppig, und er roch auch ziemlich stark – eine süßliche, muffige Ausdünstung. Wie Lob, dachte Cosmo, der zwischen ihm und Meredith saß. Vor Cosmos Ankunft hatte man Bun offenbar allein ans Ende des Tisches verbannt.

Dann gab es zwei Jungen, die befreundet waren und fast nur miteinander sprachen: Andy und Lot hießen sie, wie Cosmo später erfuhr; sie waren Tagesschüler und verschwanden beide in der Mittagspause, um zu Lot zum Lunch zu gehen; Cosmo verstand allmählich, was Cousine Eunice gemeint hatte, als sie sagte, Externe seien von allem ausgeschlossen.

Das Mittagessen war eine ziemliche Strapaze. Der Speisesaal war riesig, zehn Tische mit jeweils zwanzig Plätzen; alle rannten hinein, sobald der Gong ertönte, Freunde hielten sich Stühle frei und besetzten manchmal eine ganze Tischseite für ihre Gruppe oder Clique.

»Setzen wir uns zusammen?« fragte Bun mit seinem hoffnungsvollen Lächeln.

»Na schön.« Cosmo ergab sich in sein Schicksal. Es war nur noch ein Platz frei, also blieb ihm gar nichts anderes übrig, aber er sah schon jetzt, daß er Buns Isolation würde teilen müssen, wenn er sich mit ihm anfreundete. Es war, als habe man einen Aussätzigen berührt und sich angesteckt. Wahrscheinlich machte sich Bun an jeden neuen Jungen heran, und sobald der Neue jemand Besseren gefunden hatte, war Bun abgeschrieben. In seinem Gesicht mit der großporigen Haut, den hellen Augen und dem ständig geöffneten Mund schien sich die bevorstehende Enttäuschung schon jetzt abzuzeichnen.

Am anderen Ende des Tisches stand Mrs. Robinson und teilte in Scheiben geschnittenen kalten Braten aus.

»Cosmo kommt aus Australien«, erklärte sie der ganzen Gruppe. »Er kann uns sicher eine Menge über den Busch erzählen. Hast du viele Känguruhs gesehen, Cosmo?«

Cosmo spürte, wie er rot wurde, als alle ihn ansahen. Eigentlich hätte er jetzt gestehen müssen, daß er in einem Teil des Landes gelebt hatte, wo es keine Känguruhs gab, aber das kam ihm zu langweilig vor, und so sagte er: »Na ja, als meine Mutter und ich einmal mit dem Landrover durch die Wüste fuhren, habe ich eines gesehen. Wir übernachteten dort draußen, und ich wachte auf und ging ein Stück spazieren. Der Mond schien, und da sah ich etwas, was ich für einen seltsam geformten Baumstumpf hielt, also ging ich darauf zu, und da sprang es auf und lief davon.«

Ziemlich viele Leute lachten, aber er bemerkte den ungläubigen Ausdruck auf den Gesichtern von Charley und

Moley, die am Kopfende des Tisches saßen. Und sie hatten natürlich recht; die Geschichte war zwar tatsächlich passiert, allerdings nicht ihm, sondern seinem Bruder Mark. Er war für diese Fahrt noch zu klein gewesen, aber Mark hatte ihm davon erzählt.

Er war froh, als die meisten am Tisch ein Gespräch über irgendein Fußballspiel anfingen und ihn vergaßen: bis auf Bun, der ihn bis zum Ende der Mahlzeit mit langweiligen Fragen über Australien löcherte.

Für den Nachmittag war eigentlich Fußball oder Hockey angesagt, aber da es immer noch in Strömen regnete, wurden in der Aula Spiele gemacht, unter Leitung von Mr. Breadbury, dem Sportlehrer, einem reizbaren kleinen Mann mit grellroten Flecken auf beiden Backenknochen, der in schrillem Ton entsetzlich schnelle Kommandos gab.

»Jetzt spielen wir Tu Dies, Tu Das – tu dies!« Er stand auf einem Bein. »Tu das!« Er beugte sich vor und steckte den Kopf zwischen die Beine. »Tu dies!« Er ging in die Knie wie ein Frosch. »Du da – der Neue – du bist draußen!« Cosmo, der von diesem Spiel noch nie gehört hatte, reimte sich verlegen zusammen, daß man zwar dem einen Befehl gehorchen sollte, nicht aber dem anderen. Alle sahen ihn verächtlich an.

Dann folgte ein gräßliches Spiel, bei dem zwei Gruppen miteinander wetteiferten, kleine, mit Bohnen gefüllte Beutel möglichst schnell von Hand zu Hand weiterzureichen. Auch dabei hatte Cosmo keine Chance, aber viele der anderen Jungen waren ebenso schlecht; hier glänzten nur die Mädchen, sie schleuderten die Säckchen mit großem Geschick von einem zum anderen. Danach kam Dodgeball, ein noch schlimmeres Spiel. Hierbei stand eine Gruppe im Kreis um die andere herum und warf mit einem Fußball auf die Beine der Innenstehenden, die in die Luft springen mußten, um dem Ball auszuweichen. Wer getroffen wurde, schied aus. Hier blieb Charley, flink, wendig und offenbar unermüdlich, länger im Rennen als alle anderen außer der Deutschen Rebecca. Charleys Freund Moley beteiligte sich nicht an diesen Spielen; jemand sagte, er habe ein schwaches Herz; er saß mit untergeschlagenen Beinen an der Wand und feuerte seinen Freund an.

Cosmo war ungeheuer erleichtert, als diese Stunde vorüber war und eine Physikstunde bei dem rothaarigen Mr. Ramsden folgte; er fand es herrlich, daß es hier ein richtiges Labor mit Experimentiertischen, Retorten und Bunsenbrennern gab, lauter Dinge, nach denen er und Mark sich immer gesehnt hatten, wenn sie versuchten, Experimente aus *The Boy's Book of Practical Science* nachzumachen.

Danach war Teezeit: es gab Brot, Marmelade und starken pechschwarzen Tee. Anders als beim Lunch saßen nun anstelle der Lehrer Schüler der Senior-Klasse am Kopfende der Tische und schenkten ein. Wieder reservierte Bun voller Hoffnung einen Platz für Cosmo, und wieder setzte sich Cosmo ergeben neben ihn.

Anschließend mußten zwei Stunden lang Hausaufgaben gemacht werden, und zwar schweigend. In dieser Zeit rief Eunice an. Nein, erklärte Cosmo, es ginge ihm gut; er brauche nichts. Ja, die Schule sei in Ordnung; nein, wirklich, er habe keinen Wunsch. Was auch stimmte, abgesehen vielleicht von dem einen, für immer in einem schwarzen Loch zu versinken. »Wir sehen uns dann am Freitag«, sagte sie und legte auf.

Nach den Hausaufgaben wurde das Abendessen eingenommen, Sardinen auf Toast und Apfelkompott. Inzwischen schien der Tag schon etwa sechs Monate zu dauern.

Als sie den Speisesaal verließen, war zufällig Meredith neben ihm, und er fragte sie: »Und was machen wir jetzt?«

»Was du willst«, antwortete sie kühl. »Du hast bis zum Schlafengehen frei, und das ist für unsere Gruppe um halb neun.«

»Was hast du vor?«

»Klavier üben«, sagte sie, nahm eine Notenmappe von einem Regal und ließ ihn stehen.

Cosmo ging wieder in sein Klassenzimmer. Charley, Moley, Rebecca, Sheil, Tansy und ein weiterer Junge waren da; als Cosmo eintrat, hatte er sofort das unbehagliche Gefühl, daß sie über ihn geredet hatten. Er ging zu seinem Spind und tat so, als suche er etwas zwischen den Büchern, die man ihm gegeben hatte.

»Wen haßt du am meisten in der Schule, Rebecca?« fragte Tansy und unterbrach die Stille mit ihrem Kichern.

»Miss Mossop. Igitt! Sie ist wie eine verfaulte Kartoffel.«

»Chris?«

»Bun. Ich wünschte, er bekäme ein Dienstmädchenknie, Fußpilz und einen Tennisarm und würde daran sterben.«

Alle lachten.

»Charley? Wen haßt du am meisten?«

Charley überlegte. »Den alten Gabby Gabbitas«, sagte er schließlich. »Wegen seiner Weltverbesserei.«

»Moley?«

»Ach, ich weiß nicht. Oder doch. Das Bild von unserem seligen Gründer, dem lieben alten Kanonikus Morningquest, das über dem mittleren Tisch im Speisesaal hängt. Jedesmal, wenn ich es sehe, würde ich mich am liebsten ü-ber-ge-ben.«

Wieder lachten alle.

Cosmo tat so, als habe er gefunden, was er suchte, und zog sich zurück. Sobald er die Tür schloß, hörte er, wie allgemeines Geschnatter ausbrach.

Während er ziellos herumwanderte, fiel ihm ein, daß er im Keller neben dem Labor, wo die Physikstunde stattgefunden hatte, eine zweite Tür mit dem Schild SPIELZIMMER gesehen hatte.

Dorthin ging er nun, durch einen feuchten Kellergang, wo es nach Wäsche und Schuhcreme roch. Auch hinter dieser Tür waren Stimmen zu hören, und er öffnete sie so mißtrauisch und vorsichtig, als wolle er sich einer Kannibalenhorde nähern, die um einen Kochtopf herumtanzte. Aber in dem Raum, der groß und kalt war und eine Tischtennisplatte und einen reichverzierten Tivolitisch enthielt, befanden sich nur zwei Schüler aus der Klasse unterhalb der Remove, die am Nachmittag ebenfalls an den Spielen teilgenommen hatten: ein Junge und ein Mädchen mit Namen Frances und Tim. Sie hatten die Tischtennisplatte an die Wand geschoben und schlitterten auf dem gebohnerten Linoleum, wobei sie versuchten, die ganze Länge des Raumes zu durchqueren und dabei eine volle Umdrehung zu schaffen. Cosmo sah ihnen eine Weile zu.

»Möchtest du Tischtennis spielen?« fragte das Mädchen Frances, das einen recht gutmütigen Eindruck machte.

»Nein danke«, sagte er schnell und wünschte sofort, er hätte ja gesagt. Mark und er hatten oft gespielt, und manchmal hatte auch Ma mitgemacht, die unheimlich stark war. Wieder schlenderte er ziellos die Treppe hinauf und stellte erleichtert fest, daß es fast halb neun war und er zu Bett gehen konnte. Die drei Jungen, die mit ihm den Ruskin-Schlafsaal teilten, kamen alle aus anderen Klassen und waren älter; sie blieben länger auf. Er konnte sich ausziehen und ins Bett legen, ehe sie auftauchten, aber der Schlaf wollte nicht kommen. Sein Herz war so schwer, als würde es von einem Magneten nach unten gezogen. Als die Älteren heraufkamen, stellte er sich schlafend, um nicht mit ihnen reden zu müssen. Einer von ihnen sagte: »Aus Australien, nicht wahr?« wobei er offenbar mit dem Kopf auf Cosmo zeigte.

»Hmm. Hat erzählt, wie er im Dunkeln gegen ein Känguruh gelaufen ist. So ganz überzeugend hat's nicht geklungen.«

»Warum er wohl erst jetzt kommt, mitten im Semester«, gähnte jemand.

»Ich gehe als erster ins Bad.«

»Dann mach schnell, du Stinktier.«

Endlich waren die Lichter gelöscht. Und endlich, unter dem Kissen das Tagebuch umklammernd, in das er »Erster Tag in der Schule. Abscheulich.« geschrieben hatte, schlief Cosmo ein. Sogleich begann er von dem Bach bei der Courtoys-Mühle zu träumen. Er und Mark wateten im Wasser und suchten und riefen immer wieder nach dem Jungen, der Len oder Ken hieß. Und das Wasser lief ihm oben in die Stiefel hinein.

Bis zum Ende der Woche hatte Cosmo eine skizzenhafte Vorstellung vom Schulalltag bekommen. Er wußte zum Beispiel, daß Mademoiselle, die Französischlehrerin, von niemandem ernst genommen wurde, ebensowenig wie Miss Gracie, die Gesang unterrichtete; ja, sie wurde von allen furchtbar schikaniert. Andererseits wurde Mr. Kelly, der Lateinlehrer, mit tiefem Schweigen empfangen und genoß größten Respekt, weil er nämlich die fiese Angewohnheit hatte, einen an den Haaren zu ziehen, wenn er der Ansicht war, man sei aufsässig oder unaufmerksam. Mrs. Robinson war freundlich und vernünftig; das gleiche galt für Miss Nivven, die Englisch unterrichtete und Cosmo auf die Bibliothek hingewiesen hatte, einen brauchbaren Zufluchtsort nach dem Abendessen. Allerdings hatte er sich inzwischen angewöhnt, jeden Abend eine Weile mit Tim und Frances zu schlittern. Das war zwar langweilig, aber immer noch besser, als sich in seinem eigenen Klassenzimmer aufzuhalten, wo er sich ständig stumm und kritisch beobachtet fühlte. Wenn Charley jemanden nicht mochte, gab sich niemand allzu freundlich, und Charley hatte es nicht eilig, sich entgegenkommend zu zeigen. Das galt auch für Mr. Cheevy, den Klassenlehrer, dessen Miene sich zu verfinstern pflegte, sobald sein blutunterlaufenes Auge auf Cosmo fiel. Als er eines Tages früher kam und Cosmo als einziger schon da war und seine Mathematikbücher herauslegte, sagte er unvermittelt: »Dein Vater war Richard Courtoys, nicht wahr?« – und jetzt sprach er den Namen korrekt aus.

»Ja. Er lebt noch«, sagte Cosmo.

»Du solltest Sir zu mir sagen.«

»Sir.«

»Warum hat er England verlassen? Er hat wichtige Arbeit in der Krebsforschung geleistet. Warum hat er das alles aufgegeben, um sich irgendwo im Busch zu vergraben?«

»Ich weiß es nicht«, sagte Cosmo. »Sir.«

Zum erstenmal stellte er sich bewußt die Frage, warum seine Familie tatsächlich nach Australien ausgewandert war. Er war damals erst sechs gewesen und hatte den Umzug als selbstverständlich hingenommen. Vorher hatten sie in London gelebt. Er erinnerte sich schwach an ein Haus in Hampstead, an Segelboote auf den Weihern. Vielleicht konnte er Cousine Eunice danach fragen.

»Vielleicht dachte er, das Klima dort sei gesünder«, sagte er. »Sir.«

»Für mich ist das Unsinn.«

Mr. Cheevy schien sich persönlich betroffen zu fühlen; seine wäßrigen Augen funkelten gereizt, und auf seiner feuchten Haut stand der Schweiß. »Was hat er da draußen überhaupt gemacht? Im Busch?«

»Er hat als Arzt praktiziert. Nur gab es nicht viele Patienten. Manchmal mußte er Hunderte von Kilometern fahren, um zu den Kranken zu kommen. Und er hat Artikel für Zeitschriften geschrieben. Und ein Buch, glaube ich. – Jedenfalls kommt er bald zurück«, fügte Cosmo hinzu.

»Ach? Tatsächlich? Und was will er dann tun?«

»Ich weiß es nicht. Irgend etwas hier, in Oxford«, sagte Cosmo. »Sir.«

Dann kamen die anderen Schüler in den Raum, und Mr. Cheevy hörte auf, Cosmo auszufragen. Doch von da an war sein Ton ein klein wenig freundlicher.

»Na, wie ist es gelaufen?« fragte Cousine Eunice am Freitag, als sie im Rolls saßen.

Cosmo konnte kaum mit Worten ausdrücken, daß sie ihm vorkam wie ein Hubschrauber, der über einem schiffbrüchigen Seemann auf einer einsamen Insel schwebt. Selbst die Duftwolke von Lob, der sich im Fond des Wagens aufsetzte, um Cosmo würdevoll zu begrüßen, war anheimelnd und tröstlich, verglichen mit dem Geruch nach Tafelkreide und Möbelpolitur.

»Ach«, sagte er, »gar nicht so übel.«

Sie sah ihn von der Seite an. »Kopf hoch! Es dauert wirklich einige Zeit, bis man sich daran gewöhnt. Auf jeden Fall haben wir am Wochenende schönes Wetter, und Mrs. Tydings hat zum Abendessen ein Hühnchen gebraten.«

»Cousine Eunice«, sagte er. »Warum hat Vater sich entschlossen, nach Australien zu gehen?«

»Ach«, antwortete sie nachdenklich. »Auf diese Frage habe ich schon gewartet.«

»Ist es so wichtig?«

»Hat Dick nie mit dir darüber gesprochen? Nach – nach ihrem Fortgang?«

»Nein, nie.«

Sie überlegte eine Weile, dann sagte sie: »Nun, Dick hat gesagt, ich soll selbst entscheiden, was ich dir erzählen will. Ich persönlich bin ja der Ansicht, daß man jedem alles sagen sollte. Denn erstens kann man nichts ewig geheimhalten – früher oder später sickert immer etwas durch –, und dann ist alles noch schlimmer. Die Leute sind beleidigt, weil man es ihnen nicht gleich gesagt hat; und schlechte Nachrichten werden immer schlechter, je länger man sie für sich behält.«

All das beunruhigte Cosmo, und er fragte sich, worauf sie hinauswollte. War es etwas so Schreckliches?

»Hat es auch etwas mit Mutter und Mark zu tun?«

»Ja«, sagte sie, »das hat es. Aber hör zu, wir sind fast zu Hause, und ich möchte vor dem Abendessen noch ein paar Stangenbohnen säen. Ich erzähle es dir heute abend nach dem Essen, okay?«

»Okay, Cousine Eunice«, sagte er und stieg aus, um das Gatter zu öffnen.

»Du kannst Eunice zu mir sagen, wenn du willst«, rief sie ihm durch das Fenster auf der Fahrerseite zu. »Mit der Cousine brichst du dir ja die Zunge ab.«

Bereits jetzt hatte er das Gefühl, nach Hause zu kommen, als sie das Mühlenhaus erreichten. Die Bäume hatten viel mehr Blätter als letzte Woche, und er erinnerte sich an das Lied einer Amsel, die im Flieder neben dem Plattenweg flötete.

Mrs. Tydings stand schon da, um sie zu begrüßen. »Du ziehst auf der Stelle die Schulkleider aus, Cosmo, ich kenne das nämlich, dann bist du drüben auf der Insel oder oben im Wald, und alles ist verdreckt und verknautscht. Deine Jeans sind gewaschen und gebügelt und alle deine Pullover gestopft...«

Oben in seinem Zimmer sah er, daß ihm Cousine Eunice im Lauf der Woche an der Fensterwand einen Schreibtisch hatte bauen lassen, mit Schubladen und Fächern und mit einer Tischlampe, so daß er hier seine Hausaufgaben machen konnte. Er hatte tatsächlich eine ganze Menge zu tun: Mathematik, Geographie und einen Aufsatz über Britannien zur Zeit der Römer. Er beschloß, dies alles gleich morgen früh zu erledigen, um es hinter sich zu haben. Aber jetzt wollte er erst einmal nach draußen: er hatte eine Idee für ein Baumhaus in dem riesigen alten Nußbaum, der auf der Wiese seitlich vom Haus wuchs.

Er ging hinaus und sah ihn sich nachdenklich an. Der Baum hatte einen mächtigen Stamm, so dick wie der einer Ulme oder einer Kastanie, und die ersten Äste setzten erst in fünf oder sechs Meter Höhe an. Was er brauchte, war entweder eine Strickleiter oder solche Eisen, die aussahen wie große Stahlklammern, wie sie die Störungssucher in die Telegraphenstangen steckten, um hinaufzuklettern. Er fragte sich, wo er so etwas wohl bekommen konnte. Mr. Marvell wußte es sicher. Dann gab es da eine große, ziemlich flache Astgabel, von der aus drei, vier, fünf Äste in verschiedene Richtungen gingen; er würde ein paar Bohlen brauchen, um sie darüberzulegen; einen Hammer, Nägel...

»Hast du eine einigermaßen lange Leiter?« fragte er Eunice, während sie das Hühnchen verspeisten.

»In der Scheune steht eine Leiter zum Apfelpflücken – würde die gehen?«

»Daß du dir ja nicht den Hals brichst«, warnte Mrs. Tydings. »Diese Jungen – du meine Güte! Sobald man einen im Haus hat, hat man keine ruhige Minute mehr.«

Nach dem Hühnchen gab es eine ausgezeichnete Nachspeise aus schwarzen Johannisbeeren (aus dem eigenen Garten, eingemacht, vom letzten Jahr, erklärte Mrs. Tydings), aber Cosmos Magen reagierte inzwischen so nervös, daß er nur eine kleine Portion essen konnte.

»Gab es hier in der Gegend Römer, Cousine Eunice?«

fragte er, um sich abzulenken und weil er an seine Hausaufgaben dachte.

»Aber sicher; sogar genau an dieser Stelle. Im Sommer waren einmal Archäologen hier, die im Garten und auf dem Feld gegraben haben. Hier stand einmal eine Farbenfabrik.«

»Eine Farbenfabrik?« Er dachte an Fabrikschlote und lärmende Maschinen. »Paßt irgendwie gar nicht zu den Römern.«

»Nein, die hatten sicher große Fässer mit Farben und Leute, die Waid und Krappwurzeln zerkleinerten und zu Pulver zermahlten, um damit Stoffe blau und rot einzufärben, und die Schwefel verbrannten, um Stoff weiß zu bleichen. Umweltgesetze gab es damals noch nicht. Und das ganze Land ringsum war wahrscheinlich ein riesiger Wald.« Sie seufzte. »Fertig? Komm, wir setzen uns ans Feuer. Abwaschen können wir später.«

Mrs. Tydings setzte sich mit ihrem Strickzeug aus dicker blauer Wolle zu ihnen und begann, in finsterer Konzentration auf ihre Arbeit blickend und ständig die Lippen bewegend, energisch mit den Nadeln zu klappern.

Cousine Eunice sagte: »Du weißt, daß unsere Familie sehr alt ist – sie hat eine kolossal lange Geschichte. Nun ist natürlich jede Familie alt, wir stammen schließlich alle von irgend jemandem ab – aber *wir* wissen zufällig sehr viel über unsere Vorfahren.«

»Woher kommt das?«

»Nun, in Dorchester gab es eine Abtei, weißt du, wo die Mönche Chroniken geführt haben – Aufzeichnungen; Klöster waren im Mittelalter fast so etwas wie öffentliche

Bibliotheken, dort wurden alle Dokumente und alle Informationen gesammelt, weil die Mönche, anders als die meisten ihrer Zeitgenossen, bereits lesen und schreiben konnten. Und die Klöster waren auch etwas besser vor Angriffen geschützt als andere Orte. In der Abtei von Dorchester wurden seit dem siebten Jahrhundert Urkunden aufbewahrt – vielleicht auch schon früher –, weil dort die Bischöfe von Mercia ihren Sitz hatten – Mercia war die größte Diözese in England. Dorchester ist viel älter als Oxford. Jedenfalls gab es in den Mönchschroniken in der Abtei von Dorchester auch Aufzeichnungen über die Familie Courtoys. Wir wissen mit Sicherheit, daß du sowohl römische als auch britische Vorfahren hast – der Name kommt wahrscheinlich vom lateinischen *curtus*, das bedeutet kurz – aber später, als die Normannen ins Spiel kamen, dachte man, er sei vielleicht von altfranzösischen Wörtern abgeleitet, von *corteis* oder *cortois*, und das bedeutet höflich, höfisch, gebildet. Du kannst es dir also aussuchen.«

»Und was ist mit den Dooms?«

»Ach, die Dooms sind mit den Dänen gekommen; *doom* bedeutet eigentlich Gericht, und ein *doomsman* war eine Art Richter; in der Familie Doom hat es immer viele Rechtsanwälte gegeben, auch mein Vater war zum Beispiel einer. Und die Dooms und die Courtoys heiraten schon seit langem untereinander.«

»Und was hat das alles damit zu tun, daß Vater beschlossen hat, nach Australien auszuwandern?«

»Darauf komme ich gleich. Eigentlich war es deine Mutter«, sagte Cousine Eunice. »Weißt du – es hört sich einfach zu phantastisch an, aber man kann es nicht umschreiben, man muß es rundheraus sagen –, auf der Familie Courtoys liegt ein Erbfluch. Wenn du nicht in Australien gewesen wärst, hättest du es früher oder später zwangsläufig erfahren. Ich kann mir nicht vorstellen, daß Dick es weiterhin hätte geheimhalten können –«

»Ein *Fluch*? Soll das ein Witz sein?«

»Nein, es ist tatsächlich ein ganz solider Fluch.«

Mrs. Tydings seufzte, steckte ihre Nadeln in die Strickarbeit und begann, ein Knäuel Wolle vom Strang abzuwikkeln. Cousine Eunice legte ein neues Holzscheit aufs Feuer, es knisterte und knackte, und eine würzig duftende blaue Rauchwolke stieg auf.

»In den Wäldern irgendwo hier in der Gegend gab es einen uralten britischen Tempel«, fuhr Eunice fort, »und dann kamen die Römer daher und sorgten eifrig überall für Ordnung, wie es so ihre Art war. Sie schlossen den Tempel und verlangten, die Leute sollten lieber Mithras oder Jupiter anbeten statt ihrer Waldgötter. Na ja, wahrscheinlich wollten sie wohl gar keine Gewalt anwenden, aber damals arbeitete ein Junge im Tempel, eine Art Altardiener oder Meßgehilfe vermutlich, und der stürmte hinaus und trat den Römern entgegen, und dann kam es zu einer kleinen Rangelei, und einer der römischen Soldaten durchbohrte den Jungen mit seinem Schwert. Er tötete ihn – höchstwahrscheinlich war das gar nicht seine Absicht. Der Junge war der Sohn der Priesterin, und sie ging als nächste hin und erstach sich vor dem Altar. Nun war nur noch die uralte Priesterin übrig, die Großmutter des Jungen, und die belegte den römischen Soldaten mit einem Fluch.«

»Was war das für ein Fluch?« Cosmo fand die Geschichte

hochinteressant, obwohl es ihm schwerfiel, an den Fluch zu glauben. Er stellte sich den Tempel vor – ein großes Holzgebäude, mit Säulen vielleicht, zwischen denen in Schwaden der Rauch von den heiligen Feuern aufstieg, im Inneren ziemlich düster, die Priesterin in ihrer blauen Robe sah aus wie Cousine Eunice, und die ururalte Priesterin wie Mrs. Tydings. Wie hatte wohl der Junge ausgesehen?

»Ach, die Priesterin sagte: ›Ich verfluche dich bei Toutatus, dem Gott des Krieges, und bei Vaun, dem Gott des Waldes. Dein erstgeborener Sohn soll in jungen Jahren im Kampf umkommen, seine Mutter soll aus Gram über seinen Verlust sterben, und dies soll sich fortsetzen von Generation zu Generation.‹ Das war es wohl im wesentlichen.«

»Und ist es auch so gekommen?«

»Nun, über die frühen Vorfahren, die Römer und die Sachsen, wissen wir nicht soviel. Damals starben die Menschen allgemein in jungen Jahren, entweder im Kampf oder weil ihr Leben so hart war. Aber später ist es zweifellos sehr auffällig. Es gab einen vierzehn Jahre alten Courtoys, der in der Schlacht von Crécy fiel, und als seine Mutter die Nachricht hörte, blieb ihr das Herz stehen, und sie stürzte tot zu Boden. Eustace Courtoys fand bei Agincourt den Tod – er war fünfzehn; seine Mutter starb vor Kummer. Thomas Courtoys fiel bei Bosworth – er stand auf der Seite von König Richard –, er war sechzehn; seine Mutter starb einen Monat danach. Ach ja, es gab auch einen bei Blenheim, einen bei Salamanca und einen an der Nordwestgrenze – und deinen Onkel Frank im Kampf um England –«

»Ich wußte nicht einmal, daß ich einen Onkel Frank hatte«, sagte Cosmo. Er hatte zu zittern begonnen.

»Du kanntest ihn ja auch nicht. Er starb noch vor deiner Geburt. Dein Vater hatte eine schreckliche Kindheit, weil *seine* Mutter starb, als er erst zehn war. Er war acht Jahre jünger gewesen als sein Bruder Frank.«

»Den *jüngeren* Brüdern passiert also nichts – sie bleiben am Leben?« Jetzt zitterte Cosmo noch mehr. Er beugte sich vor und stocherte im Feuer herum, ein Vorwand, um näher an die Wärme gelangen zu können.

Eine helle Flamme loderte auf und erleuchtete Eunices Gesicht. Sie sah traurig, aber entschlossen aus, wie jemand, der ein Furunkel aufschneidet. »Die jüngeren Brüder sterben nicht. Sie setzen die Linie fort. Aber ihre ältesten Söhne sterben wieder.«

»Deshalb also sind Mutter und M-M-Mark –«

»Dein Vater hatte deiner Mutter nichts davon erzählt. Jedenfalls anfangs nicht. Er sagte, das sei alles Unsinn, er glaube nicht daran. Er wollte es einfach nicht wahrhaben«, brauste Eunice zornig auf. »Und so heiratete sie ihn, ohne zu wissen –«

»Das hätte er nicht tun sollen.«

Cosmo liebte seinen Vater – er war klug, lustig, verständnisvoll, unheimlich gebildet und wußte über alle möglichen Dinge Bescheid, aber manchmal schien es ihm entsetzlich schwerzufallen, sich zu einem Entschluß durchzuringen, wenn er mit einem Problem konfrontiert wurde oder vor einer Entscheidung stand. In diesem Augenblick verstand Cosmo zum erstenmal, warum. Schrecklich, wenn man unter einer solchen Bedrohung aufwachsen mußte, dachte er. Und dann: Jetzt hängt sie über *mir*. Er zog die Knie an und legte fest die Arme darum.

»Nein«, stimmte Eunice zu. »Er hätte es deiner Mutter sagen müssen, ehe er sie heiratete. Um ihr die Chance zu geben, zurückzutreten.«

»Hat sie es herausgefunden? Später?«

»Ja.«

»Wie?«

»*Ich* habe es ihr gesagt«, erklärte Cousine Eunice immer noch mit diesem zornigen Unterton. »Mark und du, ihr wurdet immer größer – da dachte ich, sie sollte es wissen.«

»Ich verstehe.« In Wirklichkeit verstand Cosmo nicht so ganz; er erriet, daß es Ärger gegeben hatte, Streit, Bitterkeit. »Hast du meine Mutter gern gehabt?« fragte er schüchtern.

»Sie war die beste Freundin, die ich je hatte. Wir waren zusammen auf dem College. Durch mich hat sie Dick kennengelernt – deinen Vater.«

Eine Weile herrschte Schweigen. Beide blickten sie ins Feuer. Mrs. Tydings klapperte mit ihren Stricknadeln. Schließlich sagte Cosmo: »Ist es immer –? Ich meine, manchmal muß es doch Courtoys gegeben haben, die nicht verheiratet waren oder die keine Söhne hatten –«

»O ja, manchmal. Manchmal wollten die Leute vielleicht ganz bewußt keine Kinder. Aber irgendwo gab es stets einen jüngeren Bruder. Jedenfalls hat deine Mutter deshalb, als sie hörte, was ihr höchstwahrscheinlich bevorstand – deshalb hat sie deinen Vater überredet, nach Australien auszuwandern – sie sagte, dort sei man weitab von jedem Krieg, der vielleicht ausbrechen könnte.«

»Sie sterben immer in einer Schlacht?«

»Ja, in einer Schlacht, im Kampf. Und dann muß deine

Mutter irgendwie erkannt haben, daß das Problem durch Weglaufen nicht zu lösen war –«

»Sie hat mit einem der Eingeborenenzauberer gesprochen«, sagte Cosmo geistesabwesend. Er erinnerte sich an den imponierenden alten Mann, der an einem trockenen Frühlingstag an ihrem Haus vorbeigekommen war. Ma hatte ihm Eistee und Obst angeboten, und sie waren ins Gespräch gekommen. Von da an war sie völlig verändert gewesen...

»Vermutlich hat er ihr erklärt, daß man seinen Vorfahren nicht entrinnen kann«, meinte Cousine Eunice nachdenklich. »Hat er auch zur dir etwas gesagt, Cosmo?«

»Ja, er hat gesagt, ich würde drei Freunde haben.« Keine besonders aufregende Prophezeiung, achtlos hingeworfen, als habe der alte Knabe dem jüngeren Bruder etwas Nettes sagen wollen, aber keine interessantere Idee gehabt. Zu Mark – was hatte er zu Mark gesagt? – etwas über Schlachten, das war es – und daß es viele verschiedene Arten davon gebe.

»Was glaubst du, was mit Mutter und Mark geschehen ist?« fragte Cosmo Cousine Eunice.

»Ich bezweifle, daß wir das je erfahren werden, mein Lieber.«

»Du glaubst nicht, daß sie – daß sie noch am Leben sein könnten?«

»Mitten in dieser Wüste? Nachdem sie ihren Wagen stehengelassen hatten und zu Fuß weitergegangen waren – nein, mein Lieber. Das ist einfach nicht möglich. Du darfst dich nicht mit Hoffnungen auf ein Wunder verrückt machen. Ich fürchte, du – wir – müssen einfach akzeptieren, daß die beiden sich entschlossen haben, ein Ende zu machen. Sie haben sich sehr, sehr liebgehabt. Ich finde ja, es war dir – und Richard – gegenüber sehr hart. Aber ich kann nicht darüber urteilen. Ich kann nur sagen, daß ich es nicht so gemacht hätte.«

»Sie wären auch nicht nach Australien gegangen«, bemerkte Mrs. Tydings und knüpfte zwei Fadenenden zusammen.

»Nein. Aber die Menschen sind eben verschieden. So – jetzt weißt du also, wo dein Problem liegt, Cosmo. Und du hast Zeit, dir darüber klarzuwerden, wie du damit fertig werden willst. Du könntest dich entscheiden, nicht zu heiraten – oder keine Kinder zu haben.«

»Vielleicht wäre das am besten. Aber ich könnte doch vielleicht welche adoptieren – auf sie würde sich der Fluch ja wohl nicht auswirken?«

»Keine schlechte Idee. Ich wüßte nicht, warum sie davon betroffen sein sollten.«

»Hört dieser Fluch eigentlich nie auf?«

»Ich verstehe nicht genug von Flüchen, um dir darauf eine Antwort zu geben.«

»Glaubst du an Flüche, Cousine Eunice?«

»Wir können wohl gar nicht anders, oder? Angesichts der Tatsachen. Ich nehme an«, sagte sie und runzelte nachdenklich die Stirn, »es hat etwas mit Vibrationen zu tun. Davon verstehen wir noch nicht viel, da geht es uns ähnlich wie bei der Strahlung. Überlege doch nur einmal, was für eine beängstigend gewaltige Kraft das ist – ein kleines Stück Plutonium kann ganze Landschaften und Generationen verändern. Nun, das hier ist wohl auch so etwas. Und es ist tatsächlich in die Gene der Familie Courtoys eingedrungen. Vielleicht ist etwas ebenso Drastisches erforderlich, um es wieder loszuwerden – eine Art Mutation. Wenn du weißt, was das ist.«

»Eine Abweichung vom Erbtypus.«

»He – diese Fernkurse im Busch müssen aber recht gut gewesen sein.«

Plötzlich wurde Cosmo von Müdigkeit überwältigt. Er wollte allein sein und über alles nachdenken, was er erfahren hatte.

»Laß uns das Geschirr abwaschen«, sagte er, »und dann gehe ich wohl zu Bett, schätze ich.«

»Kümmere dich nicht um das Geschirr, mein Jungchen«, sagte Mrs. Tydings. »Das läuft bis morgen früh nicht weg. Ab mit dir, und nimm ein schönes, heißes Bad – damit du den Schulgeruch vom Leib bekommst.«

Die Schule! Die hatte er vollkommen vergessen. Sie schien tausend Meilen weit weg zu sein.

»Gute Nacht, Cosmo«, sagte Cousine Eunice. Unvermittelt umarmte sie ihn kurz und fügte hinzu: »Zerbrich dir, wenn möglich, nicht zu sehr den Kopf darüber. Es kommt immer alles ganz anders, als man denkt.«

»Und das ist wirklich so«, sagte Mrs. Tydings.

Cosmo stieg in sein Zimmer hinauf, aber er ging nicht sofort zu Bett, sondern stützte sich auf das niedrige Fensterbrett, schaute hinaus und lauschte auf das Witt-witt-witt einer Schleiereule, auf den Fluß, der in der Ferne vor sich hin seufzte, und auf das unbestimmte Murmeln des Wehrs. Seltsam, wenn man sich vorstellte, daß es irgendwo oben im Wald alte Briten und einen Tempel gegeben haben sollte –

vielleicht dort, wo Mr. Marvell mit Prince und Blossom die Schokoladenerde gepflügt hatte; der Fluß und die Schleiereule mußten sich damals genauso angehört haben. Zweitausend Jahre waren gar keine so lange Zeit, wenn man dagegen an das Pleistozän dachte.

Endlich trat er vom Fenster zurück, und dabei fiel etwas Weißliches, etwa so groß wie eine halbe Banane, aus dem Ärmel seiner Jacke auf den Fußboden. Was in aller Welt konnte das gewesen sein? Ein Papiertaschentuch, ein Stück von Mrs. Tydings' Wolle? Er schaltete die Tischlampe ein und stellte sie auf den Teppich, aber das Ding schien spurlos verschwunden zu sein. Konnte es der Wind weggeweht haben? Oder war es davongelaufen? Er mußte es sich eingebildet haben, aber es war ihm so vorgekommen, als sei es auf winzigen Beinchen unter den Schreibtisch gehuscht – wie eine weiße Eidechse. Aber in England gab es keine Eidechsen – jedenfalls nicht in dieser Größe und nicht zu dieser Jahreszeit –, und überhaupt, wie sollte sie in seinen Ärmel gekommen sein? Er mußte sich den ganzen Vorfall eingebildet haben.

Ich bin müde, sagte er sich, und beunruhigt wegen dieser Geschichte mit dem Fluch – ist es möglich, daß Cousine Eunice wirklich ernsthaft daran glaubt? Ich nehme jetzt mein Bad, und dann gehe ich schlafen.

Er badete und legte sich ins Bett. Dann schrieb er in sein Tagebuch: »Cousine Eunice hat mir vom Familienfluch erzählt.« Er löschte das Licht und schloß die Augen. Zur Ruhe fand er freilich nicht, denn erstens war es unverkennbar, daß Cousine Eunice tatsächlich an den Fluch glaubte – Mrs. Tydings ebenfalls, er selbst übrigens auch –, und zweitens wußte er, daß er sich das weiße Ding, das aus seinem Ärmel gefallen war, nicht eingebildet hatte.

Aber wo konnte es sein?

3
Der kleine Con

Als Cosmo am Montagmorgen in der Woodstock Road aus dem Rolls stieg, konnte er die Schule nicht so recht ernst nehmen. Er hatte alle seine Hausaufgaben gemacht – sogar einen ziemlich guten Aufsatz über Britannien zur Zeit der Römer geschrieben –, aber davon abgesehen war er am Wochenende eine Million Lichtjahre weit von der Schule weg gewesen. Trotz Eunices erstaunlicher Enthüllungen und obwohl der Familienfluch seinen Schatten warf, waren die beiden Tage schön gewesen, erfüllt von den verschiedensten Tätigkeiten. Mr. Marvell hatte Cosmo gezeigt, wie man mit der Egge umging, er hatte ihn den Fohlen von Blossom und Duchess vorgestellt, und Cosmo hatte Namen für sie aussuchen dürfen – er hatte sich für Juno und Punch entschieden. Mr. Marvell hatte ihm auch ein paar Kletterhaken aus Stahl besorgt, und er hatte sich an die langwierige und mühsame Aufgabe gemacht, sie in Form einer Wendeltreppe in den Stamm des Nußbaums zu schlagen. Bisher hatte er drei eingesetzt; man konnte nicht sehr lange ohne Unterbrechung bei dieser Arbeit bleiben. Außerdem hatte er begonnen, sich auf der Insel zwischen den Holunderbäumen, die zu einem Wald herangewachsen waren, ein Lager zu bauen, und er hatte Cousine Eunice geholfen, entlang der Eibenhecke mit großen Platten aus Oxfordshire-Stein einen Weg zu pflastern. Auch einen langen Brief an seinen

Vater hatte er geschrieben, er sehnte sich wirklich sehr danach, mit ihm zu reden – obwohl es bestimmt merkwürdig sein würde, wenn sie sich wiedersahen, nachdem jetzt die Sache mit dem Fluch zwischen ihnen stand. Armer Dad, dachte Cosmo; er muß sich dort drüben schrecklich einsam fühlen, während er auf den Mann wartet, der seine Praxis übernehmen soll, und auf Nachrichten, die nicht kommen. Mark und Ma hatten sich immer sehr nahegestanden; nun verstehe ich, warum Vater manchmal so traurig und verlassen aussah. Ob es mir wohl auch einmal so ergehen wird?

Wenn man weiß, daß etwas zwangsläufig geschehen wird, ist es dann leichter zu ertragen? Oder wird es dadurch noch schlimmer?

Mit diesen Gedanken beschäftigt, betrat er die Schule, und die Atmosphäre dort traf ihn so plötzlich, als habe ihm jemand einen Eimer voll Salzwasser ins Gesicht geschüttet.

Zunächst einmal schien ihn plötzlich, wie aus heiterem Himmel, die ganze Klasse zu hassen.

»O Mann, seht mal, wer da kommt«, stöhnte Charley, als er das Klassenzimmer der Remove betrat.

»Hoho«, sagte ein anderer, »der Wunderknabe ist wieder bei uns. Unser Känguruh-Held.«

Cosmo tat, als habe er nichts gehört, und legte seine Hausaufgabenhefte auf die Stapel, die zum Einsammeln bereitlagen.

Aber im Lauf des Tages konnte er die feindselige Stimmung nicht mehr ignorieren. Sie war zu offensichtlich. Ständig machte jemand säuerliche oder bissige Bemerkungen, die offensichtlich auf ihn gemünzt waren; was immer er sagte, wurde mit bissigen Kommentaren oder mit tödlichem Schweigen quittiert; alle rückten demonstrativ von ihm ab, als habe er eine ansteckende Krankheit.

»Zum Henker, was soll das denn?« fuhr es ihm schließlich heraus. »Was ist los, habe ich die Pest, oder wie?«

»Nein«, sagte Charley kalt, »wir haben nur festgestellt, daß du widerlich hochnäsig bist und daß du nicht nur angibst, sondern auch lügst und betrügst. Deshalb wollen wir nur so viel mit dir zu tun haben, wie wir unbedingt müssen. Eigentlich hast du Glück – letztes Jahr, in der dritten Preparatory, hätten wir dich wahrscheinlich kopfüber an den Füßen aus dem Fenster gehängt; aber da wir dieses Jahr schon die Hälfte der Schule hinter uns haben, haben wir beschlossen, dir nur die kalte Schulter zu zeigen.«

»Oh, vielen Dank!« Er war so wütend, daß er ein oder zwei Minuten lang nichts mehr sagen konnte; dann platzte er, angewidert von all den selbstgefälligen Gesichtern, die ihn erwartungsvoll anstarrten, heraus: »Was zum Teufel meint ihr damit, daß ich lüge und betrüge? Das ist nicht wahr!«

»Du hast beim Dodgeball gemogelt. Wir haben es alle gesehen.«

»Das habe ich nicht! Und außerdem mogelt jeder. Ich habe viele von euch mogeln sehen«, sagte er und geriet damit endgültig ins Hintertreffen.

»Und du hast einen ganzen Haufen Lügen über Australien erzählt. Vielleicht warst du überhaupt noch nie dort. Niemand hier glaubt auch nur ein einziges Wort von dem, was du sagst.«

»Schade«, sagte er kalt.

»Deshalb haben wir beschlossen, nicht mehr mit dir zu

sprechen – außer im Unterricht oder wenn es gar nicht anders geht.«

»Ich glaube nicht, daß ich die anregenden Unterhaltungen mit euch vermissen werde! Du lieber Himmel, wie kindisch man doch sein kann«, murmelte er. »Und wie lange, wenn ich fragen darf, habt ihr vor, das beizubehalten?«

Niemand antwortete ihm.

Der Tag, der so schlecht begonnen hatte, ging noch schlimmer weiter. Er hatte die falschen Mathematikaufgaben gemacht (»Nichts als Angeberei«, flüsterte jemand), und bekam dafür einen schwarzen Strich und dann gleich noch einen zweiten, weil er ohne Regenmantel im Regen durch den Garten gegangen war. Der Unterricht zerrte an seinen Nerven, denn er wußte, wenn er eine Frage beantwortete, würde sicher jemand »Angeber! Besserwisser!« murmeln, und wenn er sich unwissend stellte, würden die Lehrer ihn für einen Dummkopf halten. Und in den Zwischenstunden mußte er all die spitzen Bemerkungen ertragen, die auf ihn abgefeuert wurden.

»Schade, daß wir an unserem Tisch keinen Platz mehr haben, Meredith. Es ist schon hart, bei diesen zwei stinkenden Blödmännern sitzen zu müssen.«

»Peinlich wird es erst im Herbstsemester, wenn die Studierzimmer aufgeteilt werden. Wer will schon mit *dem* in einem Raum sitzen?«

»Gabby wird ein eigenes Zimmer für ihn suchen müssen.«

»Mit dem würde doch nicht einmal Bun zusammensein wollen – oder, Bun?«

»N-nein«, sagte der arme Bun nervös und warf Cosmo einen Verzeihung heischenden Blick zu.

Den Intermediate-Klassen, soviel hatte Cosmo schon herausbekommen, wurden zum Zeichen, daß sie in die höheren Regionen der Schule aufgerückt waren, kleine, zellenähnliche Studierzimmer zugestanden, die sich drei oder vier Schüler teilten; er hatte beobachtet, daß schon Monate zuvor die Frage, wer mit wem in ein Zimmer gehen würde, ein enorm wichtiges gesellschaftliches Problem darstellte, das Anlaß zu vielen Diskussionen und zu mit großer Sorgfalt geführten, aufgeregten Verhandlungen war. Wenn man sich nämlich einmal festgelegt hatte, war es schwierig zu wechseln, es sei denn, jemand ging von der Schule ab. So konnte es geschehen, daß man sich in der Senior-Klasse mit irgendeinem Dussel herumärgerte, den man für sympathisch gehalten hatte, als man noch jünger war; oder man griff beim ersten Angebot zu, weil man es eilig hatte, einen respektablen Partner zu bekommen, und nicht draußen im Regen stehenbleiben wollte, und dadurch entging einem der oder die Mitschüler, mit denen man wirklich gerne einen Raum geteilt hätte. Cosmo hatte sich schon ziemlich besorgt Gedanken gemacht, wer wohl seine Zimmergenossen sein würden. Natürlich würden Charley und Moley zusammen ein Zimmer nehmen, und mit ihnen wahrscheinlich Chris, der dritte Junge, der viel mit ihnen herumzog; Andy und Lot würden sich vermutlich Rebecca anschließen, sie schienen das große, immer fröhliche deutsche Mädchen zu mögen, und außerdem hatten die drei das gleiche langweilige Hobby, nämlich ausgerechnet Briefmarkensammeln; Sheil, Tansy und Meredith würden vielleicht ebenfalls eine Gruppe bilden; damit blieb ihm nur die unerfreuliche Aussicht, mit Bun in einem Zimmer zu sitzen. Und wenn ihn nun nicht einmal Bun haben wollte?

»Der findet nie drei Freunde, die mit ihm ein Zimmer nehmen«, bemerkte Charley, als habe er Cosmos Gedanken gelesen. »Ich fürchte, der arme, alte Cosmo Curt-oise muß ganz allein in die Dachkammer.«

»Entsetzlich, wenn man mit einem solchen Namen geschlagen ist«, kicherte Tansy – dafür, daß sie so viel kicherte, war sie sehr gehässig, das hatte Cosmo bereits gemerkt. »Cosmo! Das klingt doch wie Hustensaft.«

»Kosmisch! Komisch! Cosmic, Comic Curt-oise.«

»He, Comic? Wie gefällt's dir denn in der Morningquest-Schule?«

»Ich dachte, ihr sprecht nicht mehr mit mir«, sagte Cosmo mürrisch.

Er blickte in ihre feindseligen, spöttischen Gesichter und haßte sie alle – den hochnäsigen sommersprossigen Charley, den kriecherischen Moley, Andy und Lot, die so langweilig und selbstzufrieden waren, die blöde Rebecca, den griesgrämigen Chris, die gehässige Tansy, den dummen Bun, die launenhafte schielende Sheil und die kühle, sarkastische Meredith. Wie in aller Welt sollte er das eine ganze Woche lang aushalten? Eine Woche, einen Monat, ein Semester?

Es ging weiter, und es wurde noch schlimmer. Bei der Andacht ließen sich alle aus der Klasse deutlich anmerken, daß sie es möglichst zu vermeiden suchten, sich neben Cosmo stellen zu müssen, und sie drückten sich so lange herum, bis sie von Mr. Cheevy scharf zurechtgewiesen wurden; beim Essen hielten sich seine Klassenkameraden unübersehbar von ihm fern; beim Fußball weigerten sich die Jungen, den Ball an ihn abzugeben, auch dann, wenn er für einen Paß gut plaziert war und obwohl sie von Mr. Breadbury dafür angebrüllt wurden; und bei anderen Gelegenheiten wie etwa in der Elf-Uhr-Pause, als alle in den Garten hinausgingen, zogen sich die anderen demonstrativ zurück, und er mußte allein herumwandern; er steckte die Hände in die Taschen, zog den Kopf ein und gab sich den Anschein, als gingen ihm ungeheuer viele Dinge im Kopf herum, die vielleicht mindestens so bedeutsam waren wie die Relativitätstheorie. Nun, er hatte tatsächlich genug Stoff zum Nachdenken, verdammt noch mal! Was wußten denn diese hirnlosen Trottel von den Problemen, mit denen er sich herumzuschlagen hatte? Jedenfalls würde er ihnen nie, niemals davon erzählen, denn wenn ihm auch nur ein einziges Wort über den Familienfluch entschlüpfte, würden sie das sicher als empörende Aufschneiderei *und* als Lüge bezeichnen, mit der er Aufmerksamkeit erregen wollte – als ob er auf ihre widerliche Aufmerksamkeit angewiesen wäre! Eigentlich war, verglichen mit dem unbegreiflichen Haß, der ihm da plötzlich entgegenschlug, der Gedanke an den Fluch der Courtoys fast tröstlich und zumindest interessant; auf jeden Fall lenkte er ihn von seinen gegenwärtigen Schwierigkeiten ab. Und er dachte im Lauf der Woche viel darüber nach. Alles mögliche fiel ihm ein, wonach er Eunice fragen wollte – zum Beispiel, ob Vater mit ihr darüber gesprochen hatte, als sie noch als Kinder auf Gut Courtoys gewohnt hatten. Hatte sie damals schon davon gewußt? In welchem Alter hatte Mark davon erfahren, denn das hatte er ja offensichtlich; und warum hatte man Mark aufgeklärt, während man ihn, Cosmo, im dunkeln ließ?

Vielleicht würden im Herbstsemester ein paar neue Jungen an die Schule kommen – oder ein paar Mädchen –, mit denen er ein Studierzimmer teilen konnte.

Vielleicht änderte Vater auch seine Meinung, wollte nun doch nicht nach England zurückkehren und holte Cosmo wieder nach Australien. Es wäre eine Wohltat, diese verhaßte, abscheuliche Schule verlassen zu können, aber andererseits fühlte er sich im Mühlenhaus, bei Eunice und Mrs. Tydings, schon verwurzelt und wollte eigentlich gar nicht fort. Wenn nur die Schule nicht wäre!

Die Woche war halb vorüber – sie war genau so schlimm weitergegangen, wie sie angefangen hatte –, als Mr. Gabbitas ihn erneut zu sich rufen ließ.

»Jetzt kann sich der arme, alte Comic an Gabbys Brust die Augen ausweinen«, flüsterte Tansy Rebecca hörbar zu, und die lachte herzlich.

»Nun, Cosmo, wie geht's denn so?« erkundigte sich Mr. Gabbitas mit diesem eigentümlichen Lächeln, bei dem sich sein ganzes Gesicht in Fältchen legte, das aber die Augen nicht zu erreichen schien. »Du hast dich inzwischen sicher ein wenig eingelebt, nicht wahr? Und Freundschaften geschlossen, hmm? Mr. Cheevy hat offenbar den Eindruck, daß du ein wenig bedrückt aussiehst – hast du irgendwelche Probleme, bei denen ich dir behilflich sein könnte?«

Nun ja, Sir, ich habe eben erfahren, daß ich unter einem Erbfluch stehe, und außerdem hat meine Klasse ohne besonderen Grund beschlossen, mir die kalte Schulter zu zeigen. Und ein ekelhaftes, kleines weißes Ding, das aussah wie eine überdimensionierte Kaulquappe, ist aus meinem Ärmel gefallen, und ich habe es seitdem nicht mehr gesehen, aber der Gedanke daran läßt mir keine Ruhe, ich überlege ständig, wo es hingekommen sein könnte.

»Nein danke, es ist alles in Ordnung«, sagte er. »Sir.«

»Es dauert wirklich einige Zeit, bis man sich an eine neue Umgebung gewöhnt«, sagte Mr. Gabbitas. »Wenn du in ein paar Monaten zurückschaust, wirst du sicher ganz erstaunt sein, wie anders du dann alles siehst.«

»Jawohl, Sir«, stimmte Cosmo höflich zu.

»Das Lernen fällt dir nicht allzu schwer, wie? Mr. Cheevy sagt, deine Leistungen entsprechen durchaus deiner Altersstufe – gelegentlich bist du sogar um einiges weiter –, trotzdem können dir die anderen auf verschiedenen Gebieten doch sicher eine Menge beibringen?«

»Ja, das ist richtig.«

Mr. Gabbitas seufzte. »Na schön, Cosmo, du kannst gehen.«

Vor der Tür traf er Meredith, die mit blassem Gesicht ebenfalls auf eine Unterredung mit dem Direktor wartete.

Sie war ihm anfangs viel vernünftiger vorgekommen als einige andere in der Klasse, und so sagte er spontan leise zu ihr: »Hör mal, ist dieses Theater mit der kalten Schulter nicht ziemlich albern?«

Sie zuckte die Achseln und antwortete tonlos, mit kleinlauter Stimme: »Das muß jeder Neue durchmachen. Wir haben es alle erlebt. Angeblich hilft es einem, seinen Platz zu finden.« Damit ging sie in Mr. Gabbitas' Arbeitszimmer.

»Ach, Meredith, da bist du ja«, sagte der Direktor, viel herzlicher, als er vorher Cosmo begrüßt hatte; dann fiel die Tür zu.

Nach dem Essen, zwischen halb zwei und zwei, konnte man sich, wenn man Taschengeld hatte, an einem Stand bei der albernen Miss Gracie, der Musiklehrerin, Schokolade und Süßigkeiten kaufen. In Australien hatte Cosmo niemals Süßigkeiten gegessen, aber jetzt plagte ihn plötzlich ein heftiger Heißhunger auf alles, was weich und klebrig war, Marsriegel etwa, Crunchies oder Sahnenußstangen. Eunice hatte ihm ein Pfund als Taschengeld gegeben, und so ging er nach dem Essen zu Miss Gracies Stand und kaufte drei Marsriegel.

»Da ist sicher auch etwas für deine Freunde dabei, nicht wahr?« lächelte Miss Gracie – offensichtlich war es ihr noch nicht vorgekommen, daß jemand ganz alleine drei Marsriegel aß. Cosmo hörte, wie Chris, der hinter ihm in der Reihe stand, Charley zumurmelte: »Wie kommt sie nur darauf? Er stopft bestimmt alles selbst in sich rein. Ich glaube nicht, daß Comic Courtoise in diesem Teil der Welt einen einzigen Freund hat.«

»Da irrst du dich aber gewaltig«, bemerkte Cosmo zu seiner eigenen Überraschung kalt. »Ich habe draußen bei meiner Cousine drei Freunde, und deshalb ist es mir auch piepegal, ob einer von eurer hochnäsigen Bande mit mir redet oder nicht.«

»Sieh mal einer an! Drei ganze Freunde hat er! Und wie sollen diese drei ach so glücklichen Wesen heißen?«

»Percy, Bert und Oscar.« Wo kamen diese Namen her? Sie waren ihm einfach blitzartig durch den Kopf geschossen. Aber auf Chris und Charley hatten sie die falsche Wirkung, denn die beiden fingen schallend zu lachen an.

»Percy – Bert – und Oscar! Haltet mich fest! Percy der Pinguin. Burlington Bertie, der ausgeflippteste der Ausgeflippten. Und Oscar! Und was ist mit Cedric? Mit dem kleinen Lord Fauntleroy? Ist er nicht auch dabei?«

»Weitergehen, bitte weitergehen.« Miss Gracie wurde allmählich nervös. »Ihr haltet den Verkehr auf.«

Chris und Charley folgten Cosmo die Treppe hinunter. »Vermutlich spielst du Ringelreihen mit Percy, dem lieben Bertie, Ossie und der netten Dame, die dich immer in ihrem Rolls herbringt. Sie ist deine Tante, nicht?«

»Nein, eigentlich ist sie ein Vampir – Draculas Tante.«

Chris und Charley sahen sich ernst an. »Oho. Unser Wunderknabe wird schnippisch.«

Cosmo ließ sie unvermittelt stehen und ging auf die Garderoben zu. Unterwegs hörte er, wie sie Moley von dem Wortwechsel berichteten, und dann Moleys plötzliches, sympathisches Glucksen. »Draculas Tante – also das ist echt gut!«

Cosmo schloß sich mit der Absicht, einen seiner Marsriegel zu verspeisen, im Klo ein, aber dort sah er sich einer Wand gegenüber, auf der mit Bleistift geschrieben stand: »Cosmo Courtoys ist ein aufgeblasener Esel.«

Plötzlich war ihm übel, und Schokolade war das letzte, worauf er Appetit hatte.

Als Eunice am Freitag kam, um ihn abzuholen, hatte er die Marsriegel noch immer nicht gegessen.

Der Spitzname ›Draculas Tante‹ war irgendwie an ihr hängengeblieben. Einer sagte zum anderen: »Hör mal, weißt du schon, daß Cosmo Courtoys bei Draculas Tante wohnt? Und jeden Samstag kriegt er zum Frühstück eine schöne Schüssel Blut.« Das hatte in den unteren Klassen die Runde gemacht, und am Freitag nachmittag um vier Uhr lungerten eine ganze Menge Leute auf der Vordertreppe herum, um den Rolls und seine Fahrerin zu sehen. Auch Lob war im Wagen – freitags kam er mit in die Stadt, weil Eunice nur einen halben Tag im College verbrachte. Jemand murmelte: »Und das ist Draculas Dackel.«

Eunice – die direkt von einer Vorlesung gekommen war und noch ihre schwarze Robe trug – warf den versammelten Schaulustigen einen scharfen Blick zu und sagte: »Hallo! Könnte jemand von euch bitte Cosmo Courtoys ausrichten, daß ich hier bin?«

In diesem Augenblick kam Cosmo jedoch selbst mit seinem Matchbeutel aus der Tür und stieg in den Wagen.

»Auf Wiedersehen«, sagte Eunice höflich zu den Zuschauern auf der Schwelle. Ein schwaches ›Hipp-hipp-hurra‹ erklang, als der Rolls knirschend durch das Tor fuhr.

»Waren das Freunde oder Feinde?« erkundigte sich Eunice.

»Feinde.«

»Du lieber Himmel. Das sind aber eine ganze Menge.« Sie schien sich nicht sonderlich darüber aufzuregen. »Was hast du gemacht – dich mit allen geprügelt?«

»Nein, sie haben sich einfach – selbst dazu ernannt.«

»Na ja, wenn das so ohne jeden Grund geschehen ist, werden sie wahrscheinlich genauso schnell wieder umschwenken – aber solange es anhält, ist es unangenehm. Wie geht's mit der Arbeit?«

Er begann zu erzählen, und sie stellte eine Reihe Fragen über Mathematik und Naturwissenschaften, so daß die Heimfahrt wie im Flug verging.

Cosmo war merkwürdig nervös, als er zum erstenmal in sein Zimmer hinaufging. Sosehr er sich auch bemühte, er wurde die Erinnerung an jenes kleine weißliche Ding nicht los. Am letzten Wochenende hatte er mehrmals sehr gründlich danach gesucht, ohne etwas zu finden, aber der Raum war alt und verwinkelt – in einer Ecke hatte er sogar eine kleine quadratische Falltür entdeckt, die direkt aufs Dach führte –, es gab viele Stellen, wo das Wesen sich versteckt haben konnte, unter anderem einen Kasten, der einen Wassertank enthielt, und den riesigen Kleiderschrank an der hinteren Wand des Zimmers.

»Gibt es hier Ratten?« fragte er Eunice, und sie sagte: »Warum? Hast du auf dem Dach etwas rascheln hören? Ich glaube eher, daß es Stare sind oder Mäuse. Ratten würde Lob nicht dulden, er hält das Haus frei davon. Aber Mäuse verschmäht er; die könnten sich auf seine Füße setzen, ohne daß es ihn stören würde.«

Lob fraß sehr gerne Schokolade, und Cosmo kam auf die Idee, den alten Hund mit ein paar Krümeln von einem Marsriegel in sein Zimmer hinaufzulocken, aber das Ergebnis dieser Aktion war ziemlich verwirrend: Lob blieb in der Tür stehen, knurrte tief in der Kehle, das Fell an seinen Schultern sträubte sich, und er weigerte sich rundheraus, hereinzukommen. Dann drehte er sich um und eilte, ohne die Marskrümel zu beachten, die Cosmo ihm erneut anbot, mit klappernden Krallen und eingekniffenem Schwanz die breite, gebohnerte Treppe hinunter.

Obwohl Cosmo das ganze Zimmer noch einmal sehr genau durchsuchte, fand er nichts, und so beschloß er, sich hinzusetzen und sofort seine Hausaufgaben zu erledigen, um sie hinter sich zu haben. Die Abende wurden jetzt allmählich länger; es würde nicht vor sieben dunkel werden. Eunice war draußen und mähte den Rasen; er konnte sie jedesmal sehen, wenn sie über die Wiese kam. Ihr helles Haar war mit einem Tuch zurückgebunden, und die alten Cordhosen, die sie trug, hatten grüne Flekken. Es war ein beruhigender Anblick.

Er öffnete das Fenster und rief: »Soll ich dir helfen?«

»Mach erst deine Hausaufgaben. Gras ist genug da!«

Die drei Marsriegel legte er nebeneinander auf sein Bett. Er hatte vor, sie im Lauf des Wochenendes zu verspeisen, jeden Tag einen: den ersten, oder was davon noch übrig war, heute abend nach dem Essen, während er *Flatland* las, ein ungewöhnliches Buch, das Eunice ihm gegeben hatte; den zweiten morgen, wenn er auf der Farm arbeitete, vielleicht wollte Mr. Marvell ein Stück abhaben; und den dritten am Sonntag, wenn er alle Kletterhaken eingeschlagen hatte, oben in der Gabel des Nußbaums.

Nachdem er das in Gedanken festgelegt hatte, machte er sich an die Arbeit. Zuerst Mathematik, dann die Beschreibung eines Experiments, mit dem bewiesen werden sollte, daß Kartoffeln Stärke enthielten, eine recht simple Angelegenheit; schließlich ein Aufsatz über die Seidenstraße; das war ganz interessant, er war richtiggehend gefesselt und nahm nur mit etwa einem Achtel seiner Aufmerksamkeit wahr, wie das Brummen des Rasenmähers allmählich lauter wurde, weil sich Eunice beim Hin- und Herfahren langsam dem Haus näherte.

Endlich war er fertig, stand auf und streckte seine steifen Schreibfinger. Acht Seiten! Das müßte sogar dem griesgrämigen Cheevy genügen.

Er sah, daß immer noch ein Drittel des Rasens zu mähen war; jetzt konnte er hinausgehen und Eunice ablösen. Er drehte sich um, wollte den Raum verlassen – und erstarrte vor Schreck. Ein durch seine Bewegung entstandener oder vielleicht vom offenen Fenster her kommender Luftzug hatte die drei Papierhüllen der Marsriegel erfaßt und sie vom Bett auf den Boden geweht. Die Hüllen waren leer – der Inhalt war verschwunden! Als er sie aufhob – nachdem er vorher einen aufmerksamen Blick durch den Raum und unter das Bett geworfen hatte –, stellte er etwas noch Erstaunlicheres fest: die beiden ungeöffneten Hüllen waren immer noch ungeöffnet, die Kanten glatt, die Enden so sauber verschlossen, wie sie aus der Fabrik gekommen waren – nur waren sie jetzt hohl, es war nichts mehr drin. Kein Krümel Schokolade war übrig. Ziemlich hektisch begann Cosmo erneut das Zimmer zu durchsuchen – er schaute unter das Bett, in die Kästen, in den Kleiderschrank, in seine leeren Koffer. Plötzlich, er stand halb abgewandt vom Fenster, sah er etwas aus dem Augenwinkel, eine schnelle Bewegung, und wirbelte herum, etwas zu spät, um genau zu sehen, was da über das Fensterbrett gekrabbelt war. Mit einem Satz sprang er durch den Raum und beugte sich aus dem Fenster. Davor befand sich ein abfallendes Dach und darunter eine Art Gartenzimmer, das die ganze Längsseite des Hauses einnahm und als Aufbewahrungsort für Werkzeug und Liegestühle diente. Als Notausstieg aus seinem Zimmer war das Dach durchaus geeignet, das hatte er bereits festgestellt, denn der Abstand von der Kante bis zum Boden betrug nur etwa zwei Meter; jetzt schien es, als habe etwas anderes die gleiche Idee gehabt. Was immer es gewesen war, es war schon nicht mehr zu sehen. Cosmo dachte, er könne ihm vielleicht den Weg abschneiden, wenn er von der anderen Seite kam, rannte die Treppe hinunter und zur Seitentür hinaus. Er lief weiter um das Haus herum, wo Eunice noch immer beim Mähen war.

»Möchtest du jetzt weitermachen?« fragte sie.

»Ja, okay. – Eunice, hast du etwas aus meinem Fenster kommen sehen?«

»Was sollte das gewesen sein?«

Er erklärte ihr – ziemlich verlegen – die Sache mit den Marsriegeln, aber sie sagte weder ›Gierhals‹ noch etwas Ähnliches, sondern bemerkte nur: »Es könnte ein Eichhörnchen gewesen sein. Sie sind furchtbar diebisch, und manchmal kommen sie tatsächlich ins Haus; Emma hat letztes Jahr eine ganze Partie Quittengelee eingebüßt, das sie zum Abkühlen aufs Fensterbrett gestellt hatte.«

Cosmo dachte an das Geschöpf, das er ganz flüchtig gesehen hatte, ehe es verschwand. Nein, das war bestimmt kein Eichhörnchen gewesen – zum einen war es zu groß dafür und außerdem von der Farbe her zu hell – fahl, weißlichgrau. Er hätte schwören können, daß es das Ding war, das aus seinem Ärmel gekommen war – nur war es jetzt gewachsen. Es hätte höchstens ein anderes, größeres Exemplar der gleichen Gattung sein können. Dieses hier hatte ungefähr die Größe einer Katze oder eines Kaninchens –

soweit er das aus dem Augenwinkel hatte beurteilen können. Und seine Gestalt war merkwürdig – spitz zulaufend wie eine Kaulquappe – oder ein Fisch – oder wie die Wesen auf den scheußlichen Bildern, die im Speisesaal in der Schule hingen, rosa Menschen wie Sardinen, die zu Gott aufblickten. Von William Blake. Es schüttelte ihn jedesmal, wenn er sie ansah.

All dies schoß ihm blitzschnell durch den Kopf, und er kam zu dem Schluß, daß er Cousine Eunice auf keinen Fall *mehr* über das weiße Ding erzählen konnte. Es war zu widerlich gewesen. Außerdem – was immer es auch war –, es hatte das Haus jetzt verlassen. Wenigstens etwas, worüber man froh sein konnte, dachte er, als er die noch warmen Griffe des Rasenmähers packte und ihn über das Gras zu schieben begann. Hätte er sein Fenster schließen sollen? Aber das Wesen konnte höchstwahrscheinlich nicht mehr zurück, weil der Abstand vom Boden bis zur Dachkante zu groß war. Man mußte schon ziemlich sportlich sein, um da hinaufzukommen, und sportlich hatte es nicht ausgesehen – keineswegs. Eher wie ein scheußlicher kleiner Embryo.

»Hat es in diesem Haus jemals gespukt?« fragte er beiläufig beim Abendessen.

»Glaubst du, ein Geist könnte deine Schokolade stibitzt haben?« fragte Eunice lachend.

»Gespukt? In diesem Haus? Niemals!« erklärte Mrs. Tydings sehr entschlossen. »Ich müßte das doch wissen, schließlich war mein Onkel Sid hier Müller, und ich habe schon mit zwölf Jahren oben im Gutshaus als Küchenmädchen gearbeitet; von einem Gespenst hat man nie etwas gehört. Nicht *im* Haus jedenfalls – natürlich gibt es die sechsspännige Kutsche, die bei Vollmond am Tor vorbeifährt –, aber niemand hat je erlebt, daß sie angehalten hätte.«

»Eine sechsspännige Kutsche? Soll das ein Witz sein?«

»Bestimmt nicht!« Sie war entrüstet. »Ich hab sie selber gesehen, hin und wieder – meistens, wenn ich diese schlimmen Magenbeschwerden hatte und nachts aufstehen mußte, um eine Natrontab-« sie lachte verächtlich. »Gegen drei Uhr früh kommt sie vorbei; ja, ich habe sie ganz deutlich gesehen, da, wo früher die alte Straße verlief; neben der Wiese und dann am Waldrand entlang. Von meinem oberen Fenster ist sie genau zu erkennen.«

»Hast *du* sie auch gesehen, Cousine Eunice?«

Eunices Antwort war aufreizend vage. Ja, sie glaube, die Kutsche gesehen zu haben, könne es aber nicht mit Bestimmtheit sagen. »Das ist eine von diesen verschwommenen Erinnerungen – man weiß nicht, ob man etwas wirklich gesehen hat oder ob man es nur sehen wollte. Dein Vater und ich haben uns immer vorgenommen, um halb drei aufzustehen und vom Gutshaus hierherzukommen, um danach Ausschau zu halten, aber heute bin ich mir nicht mehr sicher, ob wir es je getan haben oder nicht.«

Die Geschichte von der sechsspännigen Kutsche versetzte Cosmo aus irgendeinem Grund in sehr viel bessere Stimmung. Das war wenigstens ein anständiges Gespenst – er konnte sich kaum ein Grinsen verbeißen, als er sich überlegte, wie seine Feinde in der Remove-Klasse wohl reagieren würden, wenn er ihnen davon erzählte. Jetzt lügt er schon wieder, würden sie zweifellos sagen, nichts als Aufschneiderei und Märchen. Er hatte jedenfalls die feste Absicht, die Kutsche selbst abzupassen – Vollmond war erst wieder in ein paar Wochen, der letzte war eben erst vorüber. Er beschloß, die nächste Gelegenheit nicht zu versäumen.

Und merkwürdigerweise machte der Gedanke an die Gespensterkutsche es ihm leichter, sich mit dem anderen Wesen abzufinden.

Trotzdem hoffte er sehr, daß es nicht wiederkommen würde. Seine Marsriegel konnte es gerne haben.

Am Samstag zeigte Mr. Marvell Cosmo, wie man die elektrische Melkmaschine bediente. Ehe er den Milchschuppen betreten durfte, mußte er eine ganze Reihe strenger Vorsichtsmaßnahmen über sich ergehen lassen – mit seinen Gummistiefeln durch einen Trog mit Desinfektionslösung waten, einen sauberen Overall anziehen – »wegen der Rindertuberkulose«, sagte Mr. Marvell, der sehr auf Hygiene hielt – und sich gründlich Hände und Arme waschen, ehe er in Gummihandschuhe schlüpfte – aber die Mühe lohnte sich, denn die kleinen Kühe von den Kanalinseln – Cherry, Merry, Kerry, Berry, Perry und Sherry hießen sie – mit ihrem seidigen mausgrauen Fell, den großen, schwarz umrandeten Augen und den zierlich geschnittenen Gesichtern waren reizend. Vor dem Melken mußten sie alle gewaschen werden, und dann waren sie so sauber und glatt, daß er fand, sie sollten eigentlich mit ins Haus kommen und sich im Kreis ans Feuer setzen wie Lob. Sie waren kaum größer als der Hund, es war nicht zu fassen, daß sie so viel sahnige Milch produzieren konnten.

Nach dem Melken arbeitete Cosmo an seinem Insellager, er umgab es mit einer Palisade aus Holunderästen und schnitt eine Menge Brennesseln ab, die jetzt schnell in die Höhe geschossen waren. Während er damit beschäftigt war, wurde er das beunruhigende Gefühl nicht los, daß jemand ihn beobachtete: immer wieder hörte er ein Rascheln im Unterholz, aber was immer es war, es ließ sich niemals sehen. Vielleicht ein Otter?

Dann schlug er weitere sechs Kletterhaken in den Nußbaum. Er setzte die Eisen in einer Spirale in Abständen von etwa fünfundsiebzig Zentimetern in den Stamm und war inzwischen schon ziemlich hoch oben. Die Arbeit war verdammt mühsam. Mr. Marvell hatte ihm freundlicherweise für die Löcher einen Bohrer geliehen, und das war schon eine Hilfe – aber der Stamm mit der grauen, runzligen Rinde, die aussah wie die Haut eines prähistorischen Flußpferdes, war unglaublich hart. Das Bohren und dann das Einschlagen der Eisen, während man auf einem etwas tieferen Haken balancierte, war schwierig; wenn er beide Hände zum Halten und zum Hämmern benutzte, verlor er das Gleichgewicht und fiel hinunter; benutzte er dagegen nur eine und hielt sich mit der anderen fest, dann fiel der Haken heraus, und er mußte fluchend hinunterklettern und ihn holen. Er hatte es mit Eunices Obstleiter versucht, aber sie war leider nicht lang genug. Seine Arme und Beine brannten wie Feuer – die Muskeln wurden aufs äußerste strapaziert. Noch zwei Haken, dann war es genug, beschloß er – er konnte die Astgabel schon jetzt fast erreichen.

Einmal kam Mr. Marvell vorbei, auf dem Weg zu den Wasserwiesen, um nachzusehen, ob sie sumpfig waren. Er prüfte zwei von den unteren Haken und erklärte, Cosmo mache seine Arbeit sehr anständig – anständig war für ihn der Ausdruck höchsten Lobes.

Es begann zu dämmern, und Cosmo hatte sich schon fast

entschlossen, sich den letzten Haken für den Sonntagmorgen aufzusparen, als er von unten, vom Fuß des Baumes her, eine kleine, schrille Stimme jammern hörte und vor Schreck so heftig zusammenzuckte, daß er beinahe den Halt verloren hätte und den letzten Haken klirrend zu Boden fallen ließ.

Die Stimme rief quengelnd: »Will auch rauf! Con will rauf! Hol mich rauf, hol mich rauf!«

»Wer zum Teufel bist *du* denn? Und wo kommst du her?« krächzte Cosmo, als er seine Stimme wiedergefunden hatte.

Unten am Fuß des Baumes stand ein gräßlicher kleiner Junge – vier oder fünf Jahre alt vielleicht? Cosmo hatte nie etwas mit kleinen Kindern zu tun gehabt, deshalb wußte er es nicht –, der wütend herumhüpfte, sich an den untersten Haken klammerte, den er gerade noch erreichen konnte, und wie eine Mücke winselte: »Will rauf! Gemeinheit, daß Con nicht rauf darf! Connie will auch raufkommen!«

Cosmo war heilfroh, daß er den untersten Haken bewußt ziemlich hoch gesetzt hatte, so daß ihn nur jemand erreichen konnte, der lange Beine hatte und einigermaßen gelenkig war. Dieses widerliche kleine Ungeheuer würde es jedenfalls nicht schaffen, soviel war sicher. Hatte der Kleine vielleicht etwas mit Mr. Marvell zu tun – ein Neffe, Enkelkind, Kind eines Freundes?

Mrs. Tydings kam mit einem Korb voll Geschirrtüchern heraus, um sie auf die Wäscheleine zu hängen, und Cosmo rief ihr zu: »He, wo kommt der denn her?«

Und dann bekam er gleich den nächsten Schreck, denn sie

antwortete: »Wen meinst du denn, mein Lieber?« und ging einfach weiter, offenbar ohne das kleine, quäkende, auf und ab hüpfende Scheusal zu bemerken.

»Na, *ihn*! Diesen garstigen kleinen Balg!«

»Balg? Was für einen Balg?«

»Der Junge da!«

»Hier ist nirgends ein Junge, mein Lieber«, antwortete sie und ging so dicht an dem Kind vorbei, daß sie es fast mit dem Korb umgestoßen hätte.

Cosmo stieg langsam den Stamm hinunter, bis er den zweiten Haken von unten erreichte, dort blieb er stehen und betrachtete das Kind genau. Was er sah, war ein kleiner, stämmiger Kerl mit rundlichem Gesicht und kurzen, schmutzigen blonden Locken, der verdrossen und streitsüchtig dreinschaute und schmuddelige, zerlumpte Kleider trug, die ihm viel zu klein waren – er ähnelte jemandem – aber wem? Sein Mund und seine Wangen waren mit braunem, klebrigem Zeug verschmiert. Cosmo begriff blitzartig, was das war, und im selben Moment fiel ihm an dem Burschen noch etwas Merkwürdiges auf: der Kleine flimmerte wie ein schlechter Film oder wie der Ton eines unscharf eingestellten Radiosenders; obwohl seine Gestalt so fest wirkte, flackerte er in der Luft, als sei er auf eine Fläche gedruckt, die gar nicht richtig da war. In Sidney hatte Cosmo einmal erlebt, wie Holographien vorgeführt wurden – Bilder, die man mit Laserstrahlen in die Luft zeichnete. Sie schienen ganz wirklich zu sein, man sah sie dreidimensional, aber es waren nur Lichteffekte. Genauso war es mit diesem kleinen Ungeheuer.

»Du bist nichts anderes als ein ekelhaftes Gespenst!«

fauchte er den Jungen an. »Wie zum Teufel konntest du dann meine Marsriegel essen? Du kleiner Dieb!«

»Connie will auch rauf! Heb Connie hoch!«

Insgeheim hatte sich Cosmo immer einen jüngeren Bruder gewünscht. Mark war stets der Anführer gewesen, schon als Cosmo noch gar nicht geboren war – der Held, jemand, den man bewundern, dem man folgen mußte, in jeder Hinsicht überlegen. Es wäre sehr angenehm gewesen, auch jemanden zu haben, der kleiner war, den man beschützen, belehren und auch ein wenig herumkommandieren konnte, jemanden, der ebenso zu ihm aufsah wie er zu Mark. Die Leere, die Traurigkeit, der Groll, die ihn erfüllten, wenn er an Mark und Ma dachte, rührten zum großen Teil auch daher, daß sie, indem sie einfach miteinander fortgegangen waren – indem sie ihn im Stich gelassen hatten –, ihm auch die Möglichkeit genommen hatten, einen jüngeren Bruder zu bekommen. Aber der wäre sehr viel anders gewesen als dieses gräßliche kleine Geschöpf.

»Verschwinde – hau ab!« rief er hinunter. »Du gehörst nicht hierher.«

»Connie raufkommen! Will auch raufkommen.«

»Nein! Du bist viel zu klein.«

Cosmo hatte sich die ganze Zeit an einem Kletterhaken festgehalten, und jetzt taten ihm die Arme so weh, daß er es fast nicht mehr aushielt. Er mußte hinunterspringen. Und es wäre doch wirklich beschämend, vor einem Balg Angst zu zeigen, der nur halb so groß war wie er.

Cousine Eunice steckte den Kopf aus dem offenen Küchenfenster und schwang die Essensglocke. »Cosmo! Abendessen ist fertig!«

»Komme!« rief er zurück und sprang. Und als er auf dem Boden landete, war kein Kind mehr zu sehen. Es war, als habe sich der Junge durch die Erschütterung aufgelöst, als sei er auf eine andere Existenzebene zurückgeworfen worden.

Beim Abendessen war Cosmo ziemlich schweigsam, aber das war nicht weiter schlimm, niemand erwartete von ihm, daß er redete, wenn ihm nicht danach zumute war. Mrs. Tydings sprach vom Frühjahrsputz in den Speicherräumen und Eunice, wenn sie nicht gerade über eine Vorlesung nachgrübelte, die sie im Moment zusammenstellte, über das Buch *Flatland.*

»Eigentlich ist es eine Satire«, erklärte sie, »wie *Gullivers Reisen.* Es handelt von Leuten, die in einer zweidimensionalen Welt leben, die völlig damit zufrieden sind, nur in der Länge und in der Breite zu existieren, und völlig unfähig, sich Höhe vorzustellen. Der Autor will damit andeuten, daß wir nicht anders sind – alles, was wir kennen, sind unsere drei Dimensionen, und wir sind vollkommen überzeugt davon, daß es eine vierte nicht geben kann.«

»Ja, ich verstehe.«

»Und natürlich mokiert sich der Autor nebenbei auch über andere Dinge. Zum Beispiel über die Frauen in Flatland, die nur gerade, an beiden Enden spitz zulaufende Linien sind.« Eunice nahm das Buch zur Hand und las vor. »›Man stelle eine Nadel auf den Tisch. Sieht man sie vom Ende her an, so erkennt man nur einen Punkt: sie ist praktisch unsichtbar geworden. Ebenso ist es mit unseren Frauen. Ist das Ende, das ihr Auge oder ihren Mund enthält – denn bei uns sind diese Organe identisch –, der Teil, auf den unser Blick fällt, so sehen wir nichts als einen hell leuchtenden Punkt. Somit sind die Gefahren, denen wir seitens unserer Frauen ausgesetzt sind, bis in ihre schrecklichsten Auswirkungen deutlich – was kann es anderes bedeuten, mit einer Frau zusammenzustoßen, als die sofortige, völlige Vernichtung!‹ Deshalb gibt es in Flatland besondere Gesetze für Frauen, wenn sie sich in der Öffentlichkeit aufhalten, müssen sie ständig einen ›Friedensruf‹ ausstoßen, und jede Frau, die von heftigem Niesreiz oder vom Veitstanz befallen wird, muß auf der Stelle vernichtet werden. – Und dann all die Strafen, unter denen die sogenannten Irregulären zu leiden haben. Hier macht sich der Autor darüber lustig, wie die Gesellschaft als Ganzes sich stets gegen diejenigen wendet, die sich nicht an alle ihre Regeln halten. – ›Das Leben eines Irregulären ist ohne Zweifel schwer, aber im Interesse der Mehrheit ist es erforderlich, daß es schwer ist. Wenn einem Mann mit einer dreieckigen Vorder- und einer polygonen Rückseite gestattet würde, sich fortzupflanzen und eine noch irregulärere Nachkommenschaft zu zeugen, was würde dann aus der Kunst in unserem Leben? Sollen etwa alle Häuser, alle Türen und alle Kirchen in Flatland solchen Ungeheuern zu Gefallen verändert werden?‹« Eunice lachte in sich hinein und gab Cosmo das Buch zurück.

»So sind die Menschen überall. Wenn du anders aussiehst als die anderen, dann steckt man dich ins Gefängnis, erklärt dich für verrückt oder läßt dich, wie in Flatland, als Schreiber siebter Klasse in einer Regierungsbehörde verschwinden.«

»Cousine Eunice, glaubst du, daß es Dimensionen gibt, von denen wir nichts wissen?«

»Ach, bestimmt. Wie kommen wir dazu, zu glauben, wir wüßten alles, was es zu wissen gibt? Wir wissen doch, daß dem nicht so ist, weil wir ständig neue Dinge entdecken, Schwarze Löcher im Weltraum zum Beispiel oder die Tatsache, daß einige Moleküle offenbar magnetisiert sind.«

»Aber – *wenn* es andere Dimensionen gibt – kann dann eine Verbindung bestehen zwischen dem, was dort geschieht – und uns?«

»Wie stellst du dir das genau vor?«

»Na ja – diese sechsspännige Kutsche, die bei Vollmond am Tor vorüberfährt – das könnte doch etwas sein, was sich in einer anderen Dimension abspielt, richtig? Wir sehen es nur zufällig, weil an dieser Stelle der Raum – oder die Zeit – eine Falte wirft, es ist vor ein paar hundert Jahren geschehen, aber wegen dieser Falte kommt es immer wieder – wie bei einer Schallplatte, die hängengeblieben ist?«

»So in etwa, ja.«

»Und«, fragte er weiter, »können wir mit der Kutsche in Verbindung treten?«

»Du meinst, ob wir beeinflussen können, was in anderen Dimensionen geschieht? Oder ob diese Geschehnisse auf uns einwirken können?«

»Ja.«

»Ich sehe wirklich nicht, was dagegen sprechen sollte«, sagte Eunice nachdenklich. »Selbst etwas, was du nur siehst, kann dich schließlich auf alle möglichen Arten beeinflussen – es kann dich erschrecken, dich zum Lachen bringen oder dich traurig machen. Ein Film, den du siehst, kann dein Leben verändern. Und wenn der Anblick einer Sache so auf dich wirken kann, dann kannst du durch deinen Anblick auch die Sache beeinflussen. Weißt du, es gibt eine Theorie, daß kein Experiment völlig objektiv und wissenschaftlich verlaufen kann, wenn jemand es beobachtet. ›Mein Herr, was erregt Ihren Spott? Bin ich doch stets mit im Komplott! Was dafür garantiert, daß der Baum existiert, denn ich seh' ihn, empfehle mich, Gott.‹«

»Höchste Zeit, daß der Junge ins Bett kommt«, bemerkte Mrs. Tydings, die geschäftig herumwerkte und Cosmo den Teller unter den Händen wegzog. »Er hat schon ganz dunkle Ringe unter den Augen. Wahrscheinlich hat er bis in die tiefe Nacht hinein im Bett gelesen. Das kommt davon, wenn man ihnen Nachttischlampen gibt. Ich habe letzte Nacht dein Licht gesehen, und es hat um elf noch gebrannt! Sieh zu, daß du es heute ein bißchen früher ausmachst.«

»Nur einen Moment noch! Es könnte also sein, daß wir die Kutsche sehen, weil jemand uns ihr Bild übermittelt?«

»Ja, man hat auf diesem Gebiet Experimente durchgeführt und kam dabei zu ganz positiven Ergebnissen. Man konnte Bilder von Schraubenziehern und derlei Dingen übermitteln. Einige Menschen sind sehr starke Sender. In Chicago gab es einen Mann, der ein geistiges Bild sogar auf einen Polaroidfilm projizieren konnte.«

»Okay, machen wir den Abwasch«, sagte Cosmo und sprang auf.

An diesem Abend schlief er ein, sobald er mit dem Kopf das Kissen berührte. Er war wirklich todmüde. Doch am nächsten Tag schlug er den letzten Kletterhaken ein und begann mit dem Bau einer Plattform im Nußbaum.

Den kleinen Con bekam er den ganzen Tag nicht zu sehen – was ihn sehr erleichterte, wie er sich eingestehen mußte –, aber wie im Insellager hatte er immer wieder das Gefühl, von jemandem beobachtet zu werden.

Als er am Montag morgen gerade in den Rolls steigen wollte, um mit Eunice loszufahren, ließ Lob, der auf der großen Steinplatte vor der Eingangstür saß, plötzlich ein leises Knurren hören und zog sich ins Haus zurück.

»Was gibt's, Lobby?« fragte Eunice, die in ihrer Mappe nachsah, ob sie auch ihre Vorlesungsnotizen und Mrs. Tydings' Einkaufsliste dabeihatte. »Es ist doch nur die Post. Guten Morgen, Tad.«

»Morgen, Miss Eunice. Da ist ein Brief für den jungen Mann aus Australien.«

»Die Belohnung für den verspäteten Aufbruch«, sagte Eunice. »Fünf Minuten früher, und du hättest ihn erst am Freitag bekommen.«

Cosmo freute sich über den Brief seines Vaters, öffnete ihn aber nicht sofort.

»Eunice«, sagte er, »kannst du in der Remise jemand sehen?«

Sie schaute über die Schulter – sie fuhr gerade rückwärts, um den Wagen zu wenden. »Nein, warum?«

»Nichts – ich dachte nur –, aber jetzt ist es weg.«

Er hatte einen Jungen gesehen, der etwa so groß war wie er selbst – blond –, und er machte ein wütendes Gesicht, als ärgere er sich, weil sie ohne ihn losfuhren. In der Hand hielt er eine Heugabel, und über dem Arm trug er einen Stapel Sackleinen oder eine Plane. Dann bewegte er sich und war verschwunden; Cosmo mußte an Flatland denken, an die

Beschreibung der Nadel, die sich auf die Spitze dreht. Dies war ein ähnlicher Vorgang. Der Junge drehte sich zur Seite und verschwand, als habe sich neben ihm in der Luft ein Spalt aufgetan. In diesem Augenblick wurde Cosmo schlagartig klar, warum ihm das Gesicht so bekannt vorkam – es war der Junge, der ihm und Mark vor so vielen Jahren beim Stauen des Bachs geholfen hatte. Ja, er war es! Nur war er ihm damals größer vorgekommen – vielleicht weil Cosmo selbst kleiner gewesen war...

»Entschuldige«, sagte er, schüttelte seine Gedanken ab und sprang aus dem Wagen, um das Gatter zu öffnen. Er ließ den Rolls durchfahren, dann schloß er es wieder.

Aber war dieser Junge derselbe wie der unausstehliche kleine Vierjährige von gestern? Es bestand eine Ähnlichkeit. Bekam Cosmo ihn in verschiedenen Altersstufen zu sehen? Wuchs er vielleicht? Und wenn ja, wie groß würde er nächstes Wochenende sein?

»Was gibt es Neues von Dick?« fragte Eunice, während sie eines der vielen Schlaglöcher umfuhr.

»Er hofft, irgendwann im Juli hier anzukommen. Er hat jemand gefunden, der die Praxis übernimmt und das Haus kauft –« Cosmo schluckte ein wenig, als er an dieses Haus dachte. Es war nichts Besonderes gewesen, ein Holzbau mit einem Dach aus Wellblech, aber geräumig und behaglich, und sie hatten sechs Jahre lang darin gelebt, gemeinsam eine Menge Dinge gesammelt, Spiele gespielt, gelernt, miteinander geredet und gestritten. Es war ihr Zuhause gewesen. Nun würden Fremde darin wohnen, die nichts von ihnen wußten – sie würden aus Mas Küchenfenster sehen und sich auf die Mauer stützen, die Mark gebaut hatte.

»Das ist schön«, sagte Eunice. Sie stellte keine weiteren Fragen, und Cosmo beschloß, sich den Rest des Briefs für später aufzuheben. Im Wagen war das Lesen schwierig. Richard hatte eine krakelige Schrift, die schwer zu entziffern war.

Cosmo hatte befürchtet, auf der Treppe könnte ein Empfangskomitee bereitstehen, um ihn mit Gestöhne zu empfangen und Eunice ›Draculas Tante‹ nachzuschreien, aber am Montagmorgen hatte für solchen Unsinn natürlich niemand Zeit.

Er sagte: »Auf Wiedersehen und vielen Dank für das herrliche Wochenende.«

»Bis Freitag dann«, rief sie und war schon über die Rampe und hinaus auf die Woodstock Road geglitten, ehe er noch die Eingangstreppe hinaufgestiegen war.

4

Der große Con

Die Schule war in dieser Woche scheußlich, aber nicht unerträglich. Zum einen fand Cosmo einige Fächer ausgesprochen interessant, und dann hatte er, obwohl seine Klasse ihn immer noch demonstrativ mißachtete, wenigstens genug Stoff zum Nachdenken. Außerdem hatte er eine Methode gefunden, wie er in den Pausen, wenn er wie ein Aussätziger allein im Garten umherging, Ruhe bewahren konnte. Er stellte sich vor, sein Bruder Mark sei bei ihm und er informiere ihn über alles, was ihm seit seiner Ankunft in England widerfahren war.

»Gespenster siehst du?« fragte Mark ziemlich skeptisch. Mark war nie der Typ gewesen, der etwas glaubte, solange ihm der Beweis dafür nicht direkt unter die Nase gehalten wurde.

Oder doch?

»Du bist immerhin wegen eines Fluchs in die Wüste gerannt«, gab Cosmo zurück. »Wo liegt da der Unterschied zum Gespenstersehen?«

»Ich habe mich aus freien Stücken entschlossen, in die Wüste zu gehen, weil ich nicht in irgendeinem dummen Krieg sterben wollte«, antwortete Mark von oben herab. »Kriege sind eine veraltete Methode, um Probleme zu lösen.«

Etwas Ähnliches hatte auch in Vaters Brief gestanden.

»Wir stehen beide vor einem Rätsel, Cosmo«, hatte er geschrieben. »Eunice hat mir am Telefon gesagt, daß sie Dir von der Sache mit der Familienverwünschung erzählt hat. Ob es wirklich funktioniert oder nicht, ist gar nicht die Frage. Offensichtlich wirkt es, wenn jemand daran glaubt, daß es wirkt, und es ist offenkundig, daß Mark und Deine Mutter daran glaubten; zumindest wollten sie kein Risiko eingehen. Und nun müssen wir beide, Du und ich, versuchen, ihnen zu verzeihen, daß sie diese Entscheidung getroffen haben – daß sie ohne uns fortgegangen sind. Das mag entsetzlich schwerfallen, aber es ist unbedingt notwendig. Es hat keinen Sinn, anderen Menschen etwas nachzutragen – besonders Menschen, die nicht mehr da sind –, das ist genauso schlimm, als wenn man die ganze Zeit herumläuft und sich selbst mit einem Ziegelstein auf den Kopf schlägt. Jedenfalls hoffe ich, daß die Schule, die Eunice für Dich ausgesucht hat, Dir viel Interessantes bietet, Dich ablenkt. Und ich bin froh, daß Du bei Eunice und der alten Mrs. T. im Mühlenhaus wohnst. Dieses Haus und diese beiden Menschen müßten Dir eigentlich helfen können, mit Deinen Problemen besser zurechtzukommen.«

Vielleicht schaffen sie auch noch ein paar mehr, dachte Cosmo unwillkürlich.

Er faltete den Brief – den er zum siebtenmal gelesen hatte – zusammen und drehte sich um, um ins Schulgebäude zurückzugehen. Eine Glocke läutete gerade das Ende der Pause ein.

Cosmo stieg unmittelbar vor einem schwarzhaarigen Jungen aus der Senior-Klasse die Eisentreppe hinauf – es war derselbe Junge, der ihn an seinem ersten Schultag zum

Direktor geholt hatte. Cosmo hatte inzwischen erfahren, daß er einer der beiden Schulsprecher war und Roger Maugham hieß.

»Hallo«, begrüßte er Cosmo mit ungezwungener Freundlichkeit. »Du gewöhnst dich allmählich ein, was?«

»Ja danke.«

»Deine Klasse läßt dich ganz schön auflaufen, wie ich sehe.« Maughams flinken dunklen Augen entging offenbar nicht so leicht etwas. Er fuhr fort, ohne Cosmos Antwort abzuwarten. »Mach dir nichts draus, das ist anfangs immer so. Ich kann mich noch gut erinnern, daß ich es auch durchmachen mußte. Die Hauptsache ist, daß du Ruhe bewahrst. Renn ja nicht zum alten Gabby, um dich auszuheulen. Das hilft gar nichts, sondern macht die anderen nur noch sturer.«

»Ja, das habe ich mir schon gedacht.«

»So ist es richtig. Übrigens – noch etwas, was dich eigentlich aufheitern müßte – je heller du bist, desto schlimmer erwischt es dich. Keiner macht sich die Mühe, einem trübseligen, alten Langweiler die Hölle heiß zu machen.«

»Das hatte ich mir noch gar nicht überlegt«, sagte Cosmo.

»Du bist wahrscheinlich ziemlich helle, was? Dein Vater ist doch in der Forschung tätig, und Professor Doom ist deine Tante oder Cousine oder so was? Mein Vater sagt, sie vertritt die Theorie, daß der Raum sich im Kreis bewegt und sich selbst überlappt, und er sagt auch, daß sie irgendwann in den nächsten Jahren sicher den Nobelpreis bekommt. – He, Curtis, würdest du gerne in einem Theaterstück mitspielen? Ich werde im nächsten Semester eins inszenieren –

›Alles an Bord, das hölzerne Pferd geht ab oder Geschichten aus dem Trojanischen Krieg‹. Jede Menge Schwertkämpfe. Spielst du gern Theater?«

»Ja, sehr gern.« Er, Mark und Ma hatten aus dem Stegreif Dutzende von Theaterstücken gespielt.

»Okay, abgemacht.« Maugham ging pfeifend um die Ecke zum Gemeinschaftsraum der Seniors. Cosmo stieg die Treppe mit dem Kokosteppich hinauf und bemerkte dabei, daß die braungelockte Tansy direkt vor ihm war und offensichtlich einen Teil seines Gesprächs mit Maugham mitbekommen hatte.

»Stellt euch das mal vor!« wandte sie sich an die ganze Remove-Klasse. »Unser geschätzter Schulsprecher sagt, Draculas Tante hat Aussicht auf den Nobelpreis. Was sagt ihr dazu? Wenn es soweit kommt, ist unser Wunderknabe überhaupt nicht mehr zu bremsen. Dann wird er wirklich zu groß für seine Stiefel.«

»Der alte Maugham müßte es eigentlich wissen«, sagte Chris. »Sein Vater ist Physiker in Nuffield. Professor für Astrophysik.«

»Ich staune, daß du überhaupt weißt, was der Nobelpreis ist, liebste Tansy«, säuselte Moley gedehnt.

Cosmo fiel plötzlich etwas auf, und er kam sich wie ein Narr vor, weil er es nicht schon früher bemerkt hatte – Moley konnte die alberne, gehässige Tansy überhaupt nicht leiden. Ja, unter seinem ruhig forschenden Blick begann die glatte Fassade der Feindseligkeit seiner Klasse allmählich abzubröckeln; er konnte jetzt die einzelnen Leute unterscheiden, Licht und Schatten um sie herum erkennen. Zum Beispiel Tansy als Sechsjährige – er hätte wetten mögen, daß sie genauso widerlich wie der kleine Con heulend auf und ab gehüpft war. »Tansy will auch mitkommen, Tansy will auch mitkommen!« Bei dieser Vorstellung lachte er leise in sich hinein, und Moley warf ihm einen schnellen Blick zu – nicht direkt freundlich, aber auch nicht unfreundlich – eher prüfend und interessiert.

Mr. Cheevy kam in die Klasse geschossen. »Warum, wenn ich fragen darf, sitzen die Herrschaften noch nicht auf ihren Plätzen? Und warum sehe ich auf meinem Schreibtisch erst fünf Hefte? – Na, das wurde ja auch Zeit –«, als weitere sechs Schüler hastig ihre Hausaufgaben ablieferten. »Nun, heute werden wir uns mit den Kreisen beschäftigen. Tansy, inwiefern unterscheiden sich deiner Ansicht nach Kreise von Dreiecken?«

»Sie sind rund, Sir«, kicherte Tansy.

»Rund.« Mr. Cheevys kleine rotgeränderte Augen ruhten voller Abneigung auf Tansy. »Hat jemand dieser doch ziemlich offensichtlichen Aussage noch etwas hinzuzufügen? Cosmo, was ist mit dir?«

»Sir: alle Dreiecke unterscheiden sich voneinander. Aber alle Kreise sind gleich. Man könnte sie ineinanderlegen.«

Mr. Cheevys Augenbrauen gingen ruckartig in die Höhe. »Sollen wir etwa in der ganzen Welt herumlaufen und Kreise sammeln, um sie ineinanderzulegen? Wie beim Ringewerfen auf dem Rummelplatz?«

Alles kicherte pflichtschuldigst. Mr. Cheevy sah finster in die Runde.

»Nun, Cosmo hat – zufällig – vollkommen recht. Man könnte die Kreise stapeln. Bei Dreiecken ginge das nicht. Und jetzt zu den Grundlagen ...«

Am Freitag sah Cosmo dem Rolls mit etwas gemischten Gefühlen entgegen. Wäre er etwa lieber in der Schule geblieben? Nicht, daß seine Klassenkameraden sich inzwischen herabgelassen hätten, mit ihm zu sprechen – wenn sie es taten, dann jedenfalls nur, um höhnische Fragen zu stellen: »Na, Cosmic, wie geht es deinen lieben Freunden zu Hause? Percy, Bert und dem reizenden Oscar? Haben ihnen die Marsriegel geschmeckt? Und hat Draculas Tante in letzter Zeit irgendwelche Gräber ausgeraubt?«

»Man braucht sich nicht zu wundern, daß Cosmic alles über den Unterschied zwischen Kreisen und Dreiecken weiß. Draculas Tante läßt ihn bestimmt das ganze Wochenende den Satz des Pythagoras beweisen, während sie strickt. ›Ach, mein lieber Cosmic, könntest du mal herkommen und das Hypotenusenquadrat halten, während ich die Maschen abnehme, ja, so ist es brav, mein Kleiner.‹ «

An dieses öde Geschwätz hatte er sich inzwischen gezwungenermaßen gewöhnt und konnte es in Ruhe über sich ergehen lassen. Es war auch nicht so, daß er es tatsächlich vorgezogen hätte, das Wochenende in der Schule zu verbringen – aber der große blonde Junge – Con – ging ihm einfach nicht aus dem Kopf. Ob er wohl auftauchen würde. Und wenn, wie groß er dann sein und was er tun würde.

Wenn Eunice angerufen und gesagt hätte, sie und Mrs. Tydings würden über das Wochenende nach Brighton fahren und er müsse in Oxford bleiben, wäre er nicht direkt entsetzt gewesen. Aber sie tat es nicht.

Nach dem Mittagessen am Freitag ging Cosmo zu Miss Gracies Stand und kaufte drei Tafeln einfache Nußschokolade. »Wieder für deine Freunde?« fragte sie lächelnd.

»Ja«, sagte er.

»Für den lieben Percy, den lieben Bertie und den lieben Ossie«, murmelte Charley, der hinter ihm in der Schlange stand.

»Mir ist noch nie aufgefallen, daß du für deine Freunde Schokolade gekauft hättest«, bemerkte Miss Gracie ziemlich spitz, und Charley wurde ein wenig verlegen.

Cosmo steckte die Schokolade in seinen Matchbeutel und war bereit, als Eunice eintraf. Sie verneigte sich freundlich vor dem Empfangskomitee, das »Auf Wiedersehen, Draculas Tante!« rief, als sie abfuhren.

»Ich werde dich zu Hause absetzen«, sagte sie, als sie Oxford hinter sich gelassen hatten, »dann ziehe ich mich um und fahre in die Stadt zurück. Ich muß heute abend an einem Essen im College teilnehmen, weil wir einen berühmten Mathematiker aus Wien zu Gast haben. Es macht dir doch nichts aus, wenn ich nicht da bin, oder? Ich bin bis Mitternacht zurück, und Emma ist gleich gegenüber – du kannst auch bei ihr schlafen, wenn du nicht gern allein im Haus bist.«

»Nein, nein, das ist gar kein Problem«, versicherte ihr Cosmo. Trotzdem war ihm ein wenig mulmig zumute, als Eunice, die ein langes weißes Kleid und Silberschmuck angelegt hatte, wieder abfuhr.

»Sieht sie mit dieser eleganten Frisur nicht phantastisch aus?« fragte Mrs. Tydings liebevoll, und Cosmo bemerkte erst jetzt, daß Eunice ihr silbrig schimmerndes, üppiges Haar kunstvoll hochgesteckt hatte und fast wie ein Mannequin oder eine Filmschauspielerin aussah – keineswegs wie jemand, der Aussichten auf den Nobelpreis hatte.

»Bis später dann!« rief sie und winkte ihnen zu.

»Ich komme mit und mache die Gatter auf«, schrie Cosmo auf eine plötzliche Eingebung hin, spurtete los und sprang auf das Trittbrett des Rolls. »Zurück kann ich zu Fuß gehen. Dann machst du dir dein Kleid nicht schmutzig.«

Als er langsam auf dem Farmweg zurückschlenderte, fragte er sich, ob er eigentlich ein Feigling war. Und wenn ja, ob es so schändlich war, ein Feigling zu sein. War es überhaupt möglich, keine Angst zu haben? Das Mühlenhaus stand rosig und anheimelnd im letzten Sonnenlicht zwischen den dunklen Bäumen. Was mochte in seinem Innern oder in der Nähe lauern?

Bis zum Abendessen (»Käsesoufflé«, erklärte Mrs. Tydings. »Das mache ich immer, wenn Miss Eunice ausgeht, weil sie kein Käsesoufflé mag.«) war noch eine Stunde Zeit. Cosmo beschloß, mit seiner Plattform im Nußbaum anzufangen. Zuerst mußte er einen Seilzug bauen, um die Bohlen vom Boden hochhieven zu können. Und dann mußte er ausmessen, in welcher Länge er sie brauchen würde.

Die Arbeit ging zügig voran. Vier Bohlen waren auf das richtige Maß zugeschnitten, hinaufgezogen und, von Holzkeilen gestützt, festgenagelt. Noch zwei – drei vielleicht – und er war mit diesem Teil der Arbeit fertig. Danach mußte er noch ein Schutzgeländer um seine Plattform bauen – darüber sprach er wohl besser mit Mr. Marvell, dachte er. Er war der Ansicht, kleine Balken oder Pfosten seien dafür besser geeignet als Bretter; ein Schutzgeländer mußte stabil sein. Aber wenn er Pfosten verwendete, brauchte er extra lange Nägel, um sie zu befestigen.

Als er in diesem Moment am Stamm hinunterschaute, erschrak er so, daß er beinahe den Hammer fallen gelassen hätte. Da unten stand der blonde Junge und starrte, die Hände in die Hüften gestützt, mit prüfendem Blick stirnrunzelnd zu ihm hinauf.

»Was machst du da?« fragte Cosmo. »Was willst du?«

Der Junge antwortete nicht.

Mrs. Tydings kam an die Küchentür.

»Cosmo? Bist du da oben? Das Soufflé ist in genau fünf Minuten fertig! Also komm jetzt herunter und wasch dir die Hände. Ich kann es auf den Tod nicht leiden, wenn ein Soufflé zusammenfällt, nur weil jemand nicht pünktlich sein kann.«

»Okay, okay, ich komme schon!«

Als Cosmo den Fuß des Baumes erreichte, war der Junge verschwunden. Und mit ihm, wie Cosmo später entdeckte, die drei Tafeln Schokolade aus seinem Matchbeutel.

Sehr nachdenklich ging er zu Bett.

Er hatte nicht länger als eine halbe Stunde geschlafen, als er abrupt geweckt wurde, weil jemand ihn kräftig schüttelte.

»Wach auf! Wach auf, du Faulpelz! Und mach schnell!«

»Was soll die Hetzerei? Was ist los? Brennt es?« Cosmo hatte im ersten tiefen Schlaf gelegen und war noch nicht völlig wach; er glaubte sich wieder in Australien, wo sie stets in großer Angst vor Buschbränden gelebt hatten, und dachte, Mark habe ihn geweckt.

Aber es war der blonde Junge.

Ein Mondstrahl drang durch das Fenster herein, so daß der Raum nicht vollkommen dunkel war. Cosmo sah, wie sich das Licht in den Augen des Jungen spiegelte und etwas auffunkeln ließ, das er um den Hals trug und fast wie Eunices silberne Kette aussah.

»Was willst du?« fragte Cosmo noch einmal. Er hatte große Angst, bemühte sich aber, sich nichts anmerken zu lassen. Bis jetzt hatte er sich mit dem Gedanken Mut gemacht, daß der Junge zwar sichtbar war – wenigstens für ihn und vielleicht auch für Lob –, aber nicht wirklich greifbar, daß er nur in der Luft hing wie eine Luftspiegelung oder ein Regenbogen. An der Festigkeit jener schmalen, muskulösen Hände, die ihn aus dem Bett gezogen hatten, konnte allerdings kein Zweifel bestehen.

»Zieh dich an. Schnell!«

»Warum sollte ich? Zuerst stiehlst du mir meine Schokolade, und dann weckst du mich auf – ich weiß nicht, für wen du dich eigentlich hältst –«

»Ich bin Con«, sagte der blonde Junge schlicht.

»Dann warst du das letzte Woche? Warum bist du diese Woche so viel größer? Oder gibt es zwei Cons?«

»Ich verstehe nicht.«

»Warum hast du meine Schokolade genommen?«

»Die süße Speise? Wenn ich etwas esse, das dir gehört, dann verbindet uns das, und du mußt mir helfen. Außerdem gibt es mir Kraft.«

Cosmo hörte das gar nicht gerne, aber wenigstens deutete es wohl darauf hin, daß Con nicht direkt sein Feind war – schließlich brauchte er seine Hilfe –, auch wenn er nicht gerade einen freundlichen Eindruck machte; er stand da und sah ungeduldig zu, wie Cosmo in seine Jeans und einen Pullover schlüpfte.

»Warum muß ich, verdammt noch mal, mitten in der Nacht aufstehen?«

»Weil ich sehr wenig Zeit habe. Du kannst den ganzen Tag lang tun, was dir gefällt«, sagte Con, und jetzt schienen Zorn und Verachtung in seinem Blick zu liegen. »Du kannst spielen, aus Büchern lernen und dir sonstwie die Zeit vertreiben, aber ich muß arbeiten. Ich bin ein Sklave, ich muß tun, was mein Herr mir befiehlt.«

»Ein Sklave?«

»Was glaubst du, was das ist?« Con berührte den Ring, den er um den Hals trug, und Cosmo sah, daß es ein mit einem Schloß versehener Metallkragen war.

»Aber warum bist du ein Sklave?«

Sie schlichen jetzt leise die flachen, gebohnerten Stufen hinunter. Mrs. Tydings war schon lange in ihr Haus hinübergegangen. Sie durchquerten den Wohnraum mit dem Ziegelboden und erreichten die Haustür. Lob lag neben den glühenden Resten des Feuers und knurrte tief in der Kehle, aber als er Cosmo sah, blieb er liegen. Cosmo öffnete leise die Tür, und sie traten auf die taunasse Wiese hinaus.

»Ich bin ein Sklave, obwohl mein Vater ein freier römischer Soldat war, aber meine Mutter ist eine silurische Sklavin aus Maridunum«, erklärte Con mißmutig.

»Lebt sie noch?« fragte Cosmo neidisch.

»Ja, aber ihr Herr ist Richter, er ist nach Süden gezogen, nach Isca, und mich hat man an den hiesigen Statthalter verkauft.«

»Was mußt du für Arbeiten machen?«

»Sein Haus sauberhalten. Mich um seine Pferde und seine Jagdhunde kümmern. Und jetzt muß ich kämpfen.«

»Kämpfen? Welche Art von Kampf?«

»Diese Art«, sagte Con.

Er hob einen Dreizack auf, der am Fuß des Nußbaums lag. »Ich soll mit Netz und Dreizack gegen einen Schwertkämpfer antreten. Mein Herr wird Geld auf mich setzen, deshalb muß ich gut kämpfen.«

»Dann bist du ein Gladiator?«

»Ja, ja!« sagte Con ungeduldig. »Ein Retiarier. Ich soll bei den Spielen in Corinium auftreten. Aber vorher muß ich üben. Du mußt mir helfen. Komm, beeil dich, kämpfe, kämpfe!«

»Warum sollte ich?«

»Du mußt mir helfen!« wiederholte Con wütend. »Kämpfe, Mann! Wo ist dein Schwert?«

»Ich habe kein Schwert.«

»Du hast kein Schwert? Obwohl du frei bist?« Diese Tatsache schien Con zutiefst zu überraschen und ihn gleichzeitig mit unaussprechlicher Verachtung zu erfüllen. Cosmo hatte allmählich den Eindruck, daß der andere ihn für ein recht kümmerliches Geschöpf hielt – vielleicht hatte er ja recht?

»Ich könnte ja das Netz nehmen und du den Dreizack?« schlug er schüchtern vor. »Oder umgekehrt? Ich glaube, manchmal hat man es auch so gemacht.«

Con sah ihn zweifelnd an.

»Ist es denn so dringend?«

»Natürlich ist es dringend. Heute in sieben Tagen finden die Spiele statt. Na schön – wenn du wirklich kein Schwert hast – werden wir es eben so machen müssen. Du kannst den Dreizack als erster haben.«

Der Dreizack war unerwartet schwer – eine große, mörderische Toastgabel mit scharfen Stahlspitzen, die wahrscheinlich furchtbaren Schaden anrichten konnten, wenn man damit lebenswichtige Organe traf. Cosmo hatte große Mühe, ihn zu schwingen – seine Arme waren noch ziemlich steif vom Hämmern –, und außerdem wollte er den anderen Jungen nicht verletzen. Con kannte solche Skrupel nicht. Während sie sich fintierend und zustoßend im Zickzack über die Wiese bewegten, wurde Cosmo klar, daß der andere, auch wenn er vielleicht nicht oft Gelegenheit gehabt hatte, diese Art von Kampf zu üben, doch zumindest häufig dabei zugesehen haben mußte; er setzte das Netz mit tödlicher Geschicklichkeit auf ein Dutzend verschiedene Arten ein, manchmal wirbelte er es durch die Luft, so daß es sich über Cosmo aufspannte und er sich ducken und zur Seite springen mußte, um ihm auszuweichen; manchmal ließ er es wie ein Seil zusammengefaltet über den Boden schwirren, um seinem Gegner damit die Füße wegzuschlagen, so daß Cosmo hoch in die Luft hüpfen mußte, um ihm zu entgehen. Nun, wenigstens waren diese langweiligen Dodgeballspiele doch zu etwas gut gewesen, dachte er ungerührt, während er sprang, sich duckte und es irgendwo zwischen den beiden Bewegungen noch schaffte, einen Ausfall auf die Rippen des anderen Jungen zu machen. Das Netz war schwerer und ließ sich nicht so schnell bewegen; Cosmo mußte offensichtlich versuchen, durch Behendigkeit und Geschicklichkeit die Oberhand zu gewinnen, indem er Dutzende von schnellen, kleinen Finten und Stößen ausführte. Trotz dieses Plans hielt ihn Con jedoch die meiste Zeit in der Defensive, er ließ das Netz verwirrend schnell wie die Mantilla eines Matadors um seinen Kopf wirbeln und trieb ihn immer weiter zurück, bis er mit dem Rücken an der Wand der Remise stand. Endlich gelang es Con mit einem raffinierten Doppelstoß – erst nach unten, dann in einer fischförmigen Kurve wieder nach oben – Cosmo völlig einzuwickeln, und der fiel mit einem Plumps zu Boden.

»Mein!« keuchte Con. »Die Runde geht an mich. Jetzt tauschen wir die Waffen.«

Zuerst wußte Cosmo mit dem Netz gar nichts anzufangen. Es war nichts als ein unhandliches, lockeres, schweres, massiges Bündel – wie in aller Welt konnte man daraus eine tödliche Waffe machen? Wer war überhaupt als erster auf die alberne Idee gekommen, mit einem Netz zu kämpfen? Zweimal traf ihn Con mit dem Dreizack – bis er plötzlich in Wut geriet und entdeckte, daß man die Maschen wie ein Cowboylasso durch die Luft pfeifen lassen mußte. Aber Con schien – vielleicht dank seiner Arbeit mit den Pferden – keine Müdigkeit zu kennen und sprang und wirbelte mit unglaublicher Behendigkeit pausenlos herum. Schließlich war Cosmo so erschöpft – der Himmel wußte, wie lange der Kampf bereits dauerte, ihm kam es vor, als ginge es schon die ganze Nacht –, daß er aus lauter Verzweiflung den rettenden Einfall hatte: er machte mit dem Netz eine Finte und schleuderte dabei eine Ecke blitzschnell gegen das Auge seines Gegners, während er den Hauptteil des Gewebes mit der rechten Hand zusammenhielt, bereit, es auszuwerfen und herabfallen zu lassen, sobald Con sich umdrehte – »Jetzt habe ich dich!« keuchte er triumphierend, als die schwere Masse über den zerzausten Blondschopf fiel und ihn einhüllte.

»Das war ein guter Trick«, sagte Con anerkennend, als er sich aufrappelte. »Den werde ich mir für die Spiele merken ... Wo hast du das gelernt?«

»Nirgends. Das habe ich mir einfach ausgedacht.«

Con sah ihn mit großen Augen an. »Einfach ausgedacht? Obwohl du dein Leben mit nutzlosen Spielen verbringst –«

»He – da kommt meine Cousine.« Cosmo hatte die Scheinwerfer des Rolls gesehen, die sich funkelnd am dunklen Waldrand entlangbewegten. »Wir müssen aufhören.«

»Ich bin sowieso müde«, sagte Con schlicht. »Morgen kämpfen wir weiter.«

Er hob sein Netz vom Boden auf, drehte sich um und schien seitwärts in eine senkrechte Spalte im Raum zu gleiten.

»Du lieber Himmel, Cosmo«, sagte Eunice, als sie aus dem Wagen stieg. »Du bist doch wohl nicht bis jetzt aufgeblieben?«

»Nein, ich war schon im Bett ... Aber dann bin ich wieder aufgestanden und rausgegangen. Hast du dich mit deinem Wiener Professor gut amüsiert?«

»Nein! Er war ein furchtbar langweiliger alter Knacker«, sagte Eunice munter und zog die schwere Haustür hinter sich zu. »Sein Geist ist schon in den zwanziger Jahren zum Fossil geworden.« Sie gähnte ausgiebig. »Gute Nacht, Cosmo. Wir sehen uns morgen früh.«

Als Cosmo in dieser Nacht zum zweitenmal ins Bett fiel, war er körperlich müde – völlig am Ende –, aber geistig hellwach und aufgewühlt. Erstens hatte ihm der Kampf – schnell, gekonnt, erregend – großen Spaß gemacht, er hatte keine Ahnung gehabt, daß eine solche Auseinandersetzung derart elegant und brillant geführt werden konnte. Jetzt, da er Zeit hatte, darüber nachzudenken, fielen ihm noch mehr gute Finten sowohl mit dem Netz wie mit dem Dreizack ein – warum machte man nicht so etwas in der Schule anstatt der gräßlichen Spiele mit den Bohnensäckchen? Er freute sich richtig darauf, wieder mit Con zu trainieren, den er jetzt mit ganz anderen Augen sah. Sicher, er war ein wenig mürrisch und aggressiv, aber was konnte man anderes erwarten, wenn jemand als Sklave geboren war und eine Sklavin zur Mutter hatte? »Wirst du immer Sklave bleiben?« hatte Cosmo einmal gefragt und gleichzeitig mit dem Dreizack zugestochen. »Nein«, hatte Con gekeucht und dabei das Netz geschickt erst nach links und dann nach rechts schnellen lassen. »Manchmal – wenn man gut kämpft – und bei den Zuschauern Anklang findet – schenkt einem der Stadthalter zur Belohnung die Freiheit. Aber es ist natürlich viel wahrscheinlicher, daß man getötet wird«, fügte er nüchtern hinzu.

Ein anderes Mal – Con hatte ihn mit dem Netz umstrickt, und er machte sich sorgfältig aus dem Faltengewirr frei – hatte Cosmo gefragt: »Kannst du dich erinnern, daß du mir und meinem Bruder einmal vor langer Zeit geholfen hast, einen Bach zu stauen?«

»Ich weiß nicht, wovon du sprichst«, hatte Con geantwortet.

Cosmo schloß daraus, daß es keinen Sinn hatte, Con derartige Fragen zu stellen; Ereignisse, die sich außerhalb seines eigenen Zeitrahmens abspielten, schien er nicht im Gedächtnis zu behalten.

Aber auf seine Weise war er ein sehr anständiger Bursche.

Mehr wert als ein Dutzend Chris, Lots, Andys oder Charleys ... Cosmo schlief ein.

Als Cosmo am nächsten Tag die Treppe herunterkam, sah er ziemlich erschrocken Con in einem Flecken Sonnenlicht auf dem Ziegelboden in der Mauerecke unter dem Fenster liegen und schlafen. Auch Lob wußte, daß er da war, denn er knurrte von Zeit zu Zeit unzufrieden vor sich hin, während er sich kleine Dornenstückchen und Erdkrümel zwischen den Pfoten herauspulte. Schließlich schaute Eunice von ihrem Kaffee und ihrer Zeit auf und fragte: »Was hast du denn, Lobby, mein Junge? Plagt dich heute das Rheuma?«

Weder sie noch Mrs. Tydings konnten Con sehen. Es war wirklich merkwürdig; man hätte zumindest geglaubt, daß sie seine langsamen, tiefen Atemzüge und seine gelegentlichen Seufzer hören müßten, wenn er seine Stellung veränderte.

Nach dem Frühstück ging Cosmo hinaus und half Mr. Marvell bei verschiedenen Arbeiten auf der Farm. Schließlich bat er ihn auch um Rat wegen des Schutzgeländers. »Ich glaube«, sagte Mr. Marvell, nachdem er eine Weile überlegt hatte, »am geeignetsten wären Zaunstangen, zwei auf drei Zoll, die in der Mitte gespalten sind. Zu schwer sollen sie ja nicht sein, sonst wird es zu mühsam, sie hinaufzubefördern und festzumachen; aber wie du sagst, sie müssen stabil genug sein, um ihren Zweck zu erfüllen. Ich weiß genau das Richtige für dich, schau –« und er zeigte Cosmo einen Stapel gut abgelagerter Eschenstangen mit etwa vier Zoll Durchmesser. »Die wären gerade recht; wenn ich heute abend mit meiner Arbeit fertig bin, helfe ich dir, so viele zu spalten, wie du wahrscheinlich brauchst. Das ist nicht ungefährlich, keine Kleinigkeit, wenn man es alleine machen muß.«

Nachdem Cosmo sich bei Mr. Marvell bedankt hatte, beschloß er, sich als nächstes an seine Hausaufgaben zu machen; es hatte leicht zu nieseln begonnen, eine gute Gelegenheit, die Schulpflichten hinter sich zu bringen. Später klarte es jedoch auf, und die Sonne kam ein wenig blaß heraus; Cosmo konnte die letzten zwei Bohlen hochziehen und festmachen. Als er nach unten schaute, kam Con gerade über die Kletterhaken heraufgestiegen.

»Einen guten Ausguck hast du da gebaut«, sagte der andere Junge, als er Cosmos Plattform erreichte. »Hier wärst du sicher vor Wölfen – sogar vor bewaffneten Männern, wenn du Waffen hättest.«

Er musterte die Plattform mit kritischer Anerkennung. Sie bedeckte nun eine Fläche von etwa fünf Quadratmetern, war aber, bestimmt durch die Richtung, in der sich die großen Äste des Nußbaums ausbreiteten, ziemlich asymmetrisch; irregulär, dachte Cosmo und grinste innerlich, weil ihm jene Stelle aus Flatland einfiel: ›Wenn einem Mann mit einer dreieckigen Vorder- und einer polygonen Rückseite gestattet würde, sich fortzupflanzen und eine noch irregulärere Nachkommenschaft zu zeugen, was würde dann aus der Kunst in unserem Leben?‹

Er wünschte, er könnte Con von Flatland erzählen.

Statt dessen erklärte er ihm die Notwendigkeit eines Schutzgeländers.

»Ich werde dir helfen, die Pfosten zu spalten«, sagte Con

sofort. »Und dann können wir hier oben kämpfen; das wäre ein guter Platz zum Üben.«

»Hier oben kämpfen?«

»Das würde uns behender und vorsichtiger machen«, sagte Con.

Cosmo hielt nicht sehr viel von diesem Plan, aber Cons Angebot, ihm zu helfen, konnte er kaum ablehnen. Sie kletterten hinunter und gingen um den großen holländischen Heuschober herum, an den sich im rechten Winkel ein zweites Gebäude anschloß, das früher eine Milchkammer gewesen war. Hier lagen die Stangen aufgestapelt. Mr. Marvell hatte Cosmo gezeigt, wo er eine Axt, einen Hammer und ein paar Keile finden konnte. Das Spalten war, wie Mr. Marvell gesagt hatte, nicht ungefährlich; obwohl sie zu zweit waren, kamen sie nur langsam voran, und ein paarmal fluchten sie kräftig.

»Ohne Finger kann man kein Retiarier sein«, sagte Con einmal und zog gerade noch rechtzeitig seine Hand zurück.

»Ich weiß nicht, was man ohne Finger überhaupt sein könnte.«

»Ein Schreiber, wenn man die andere Hand benutzt. Oder ein Buchhalter, der mit dem Abakus arbeitet.«

Er hatte recht, überlegte Cosmo, für Mathematik brauchte man keine Finger; aber danach war er vorsichtiger, und als es dämmerte, hatten sie ein halbes Dutzend Stangen gespalten und auf die Plattform hinaufgezogen.

»Morgen machen wir sie fest«, sagte Con. »Heute nacht kämpfen wir noch einmal auf dem Gras.«

Cosmo fragte sich, wie Eunice wohl reagieren würde,

wenn sie zufällig aus dem Fenster schaute und sah, wie er anscheinend mit niemandem kämpfte; aber im Fernsehen lief eine Sendung über Bibelgeschichte, die sowohl sie als auch Mrs. Tydings sehen wollten. Niemand hatte etwas dagegen, daß er im Dunkeln hinausging, vorausgesetzt, er blieb dem Wehr fern.

»Aber morgen abend muß ich früh rein, denn am nächsten Tag ist wieder Schule.«

Schule für mich, dachte er, und die Spiele für Con; was würde ich wählen, wenn ich die Wahl hätte?

In dieser Nacht ging das Kämpfen besser, ja sogar ausgezeichnet. »Du bist phantastisch, Con«, sagte er.

»Du bist auch nicht schlecht.«

»Du wirst sicher alle Kämpfe gewinnen, und man wird dir die Freiheit schenken, nicht wahr?«

»Ach«, sagte Con düster, »das hängt von vielen Dingen ab. Bei den Spielen werden immer nur ein paar Männer freigelassen; es könnte andere geben, Schwertfechter oder Schleuderer, die besser sind als ich. Und in Corinium gibt es sehr gute Kämpfer – die besten Männer aus dem ganzen Land, sie kommen sogar aus Gallien. Nein, ich will mir keine Hoffnungen auf die Freiheit machen. Die Hoffnung ist ein schlechter Freund; sie kann den Arm zittern lassen und dem Auge die Schärfe nehmen. Am besten ist es, seine Gedanken von Hoffnung frei zu halten. Ich bemühe mich nur, ein guter Kämpfer zu sein. Zum Kämpfen sind wir schließlich da, nicht wahr? Außerdem –« er zögerte, blickte stirnrunzelnd auf den Dreizack in seiner Hand hinunter und stieß ihn ins Gras.

»Außerdem was, Con?«

»Es gibt da eine Prophezeiung, die meine Familie betrifft«, sagte Con unsicher.

Es war, als habe ein kalter Finger Cosmos Zwerchfell gestreift.

»Eine Prophezeiung?«

»Ich weiß es von meiner Mutter und sie von meinem Vater. Der älteste Sohn stirbt immer jung, im Kampf ... ich bin der Erstgeborene meines Vaters.«

»Ach, aber – das ist doch – Con, hör mal, du *darfst* nicht glauben, daß du sterben wirst –«

»Nicht?« sagte Con, aber es klang nicht überzeugt. »Komm, laß uns noch einmal kämpfen.«

Mr. Marvell war sehr überrascht gewesen, als er sah, daß alle Zaunstangen schon ohne seine Hilfe gespalten waren.

»Na, arbeiten kannst du wirklich«, sagte er. »Ich sehe schon, du wirst beim Heuen und in der Erntezeit eine große Hilfe sein.« Cosmo kam sich ein wenig wie ein Hochstapler vor. »Und jetzt brauchst du ein paar vierzöllige Nägel und dazu ein Stück Draht, wenn du mich fragst; das Geländer soll doch richtig stabil sein. Zuerst nagelst du die Pfosten an, die Nägel ein wenig versenkt, und dann machst du sie mit einem ordentlichen Stück Draht an den Ästen fest. So würde ich es jedenfalls machen, wenn ich du wäre.«

Cosmo hielt dies für einen sehr guten Rat. Es erwies sich jedoch als unerwartet langwierig und knifflig, die Geländerstangen zu befestigen, denn sie mußten erst zugespitzt und eingekerbt werden, damit sie sich genau an die Äste anschlossen; dafür und für die eigentliche Befestigung brauchte er fast den ganzen Tag, dazwischen erledigte er noch ein paar Dinge für Eunice im Garten.

»Jetzt kämpfen wir«, sagte Con bei Sonnenuntergang.

Es begann schon ein wenig zu dämmern. Cosmo war inzwischen trotz des Geländers noch weniger begeistert von der Vorstellung, so hoch über dem Boden oben auf der Plattform zu kämpfen.

»Na schön«, sagte er halbherzig. »Aber nur ein paar Runden – ich bin dafür, daß wir aufhören, wenn es dunkel wird. Was willst du zuerst – Netz oder Dreizack?«

»Ich nehme das Netz«, sagte Con. Er hob es auf, legte es geschickt in Falten und hängte es sich über den Arm. »Bist du bereit? Dann Achtung!«

Aber als Cosmo sich mit dem Dreizack vorsichtig über die Plattform bewegte und ein wenig hierhin und dorthin fintierte, drehte Con plötzlich den Kopf und lauschte aufmerksam. »Warte mal!«

»Was ist?«

»Mein Herr ruft. Verflucht – ich muß gehen. Schnell, gib mir den Dreizack.« Er nahm ihn Cosmo ab und ließ ihn zu Boden fallen, wo er zitternd steckenblieb. Con ging auf den Einstieg der Plattform zu, dann drehte er sich um und sagte: »Du warst mir ein guter Freund. Ich danke dir.«

Seine knochige rechte Hand umfaßte kurz die von Cosmo; fast lächelte er; dann schien er in eine Luftspalte zu gleiten wie eine Eidechse zwischen zwei Mauersteine und war verschwunden.

Einen Augenblick lang konnte Cosmo es kaum fassen, daß er allein war. Cons Anwesenheit war für ihn so wirklich gewesen. Ein Durcheinander von Gefühlen erstickte ihn fast, und das stärkste davon war Bedauern. Etwas an diesem Händedruck hatte ihm die Gewißheit gegeben, daß er Con nicht wiedersehen würde.

»Cosmo?« rief Eunice von unten. »Bist du noch immer da oben in deinem Adlerhorst? Findest du nicht, du solltest herunterkommen, ehe es völlig dunkel ist?«

»Ja, ich komme schon«, antwortete er und stieg vorsichtig an den Kletterhaken hinab.

»Ich muß schon sagen, das Projekt ist bemerkenswert gut gelungen«, erklärte sie, während sie auf ihn wartete. »Mr. Marvell ist sehr beeindruckt. Glaubst du nicht, du solltest jemanden aus der Schule einladen, deine Mitschüler würden staunen?«

»Ach nein – jetzt noch nicht«, wehrte Cosmo schnell ab.

Er versuchte sich vorzustellen, wie er das Baumhaus einem seiner Feinde aus der Remove-Klasse zeigte, Charley oder Chris. Wahrscheinlich würden sie glauben, das hätte alles Mr. Marvell gemacht und nicht der verwöhnte, verzärtelte kleine Cosmo. Und erst die Mädchen, Tansy oder Sheil. Die würden da oben mit Puppen spielen wollen.

»Jetzt noch nicht«, wiederholte er.

»Na, das mußt du selbst wissen«, sagte Eunice gelassen. »Die Freunde kommen schon, wenn es soweit ist.«

5

Bun und Meredith

Cosmo konnte kaum glauben, daß für ihn nun schon die vierte Schulwoche begann. Nur noch eine, dann kamen die Osterferien – ein herrlicher Gedanke! Vier volle Wochen, in denen er den ganzen Tag lang in der Mühle tun und lassen konnte, was er wollte. Außerdem hatte Mr. Marvell bereits alles mögliche geplant – Cosmo sollte ihm helfen, die jungen Pferde Punch und Juno abzurichten und sie an das Zaumzeug zu gewöhnen, er sollte pflügen lernen, sie wollten ein paar schwarzgefleckte Lämmer von Witney holen, die bis dahin ungefähr soweit sein würden, daß sie ihre Mütter entbehren konnten, einen neuen Schweinepferch bauen ... Und auch Eunice hatte einiges vor; sie hatte angeregt, einmal nachts im Wald Dachse zu beobachten – fischen zu gehen – die beiden lecken Boote zu reparieren, die in einem Bootshaus auf der Insel auf dem Trockenen lagen, und die Remise zu einer Tennishalle umzugestalten, um dort Tennis zu spielen wie zur Zeit Heinrichs V. Und die Mühlengebäude hatte er noch immer nicht untersucht ...

Bei so vielen erfreulichen Aussichten und mit der Erinnerung an Con müßte die Schulwoche eigentlich zu ertragen sein. Aber wo war Con jetzt?

Hörte er zu existieren auf, wenn er in seine eigene Dimension zurückglitt – soweit es Cosmo betraf? Oder existiere ich für ihn nicht mehr? fragte sich Cosmo, als er aus dem Rolls stieg und Eunice zum Abschied zuwinkte. Mr. Falaise, der in den Oberklassen Mathematik und in der Remove-Klasse Latein unterrichtete, stand in diesem Augenblick zufällig auf der Vordertreppe. Er und Eunice waren offenbar miteinander im College gewesen, und er sagte ein wenig wehmütig zu ihr: »Du hast wohl keine Zeit, um einmal zu uns zu kommen und den Seniors etwas über Relativität oder so zu erzählen, oder? Es wäre eine hübsche Abwechslung, bei mir müssen sie sich immer nur mit dem langweiligen Schulstoff herumplagen.«

»Mal sehen, Benny«, lachte Eunice. »Im Augenblick habe ich furchtbar viel zu tun – du weißt ja, ich schreibe ein Buch –, aber ich komme einmal, das verspreche ich dir.«

Sie hatte Cosmo ein wenig von ihrem Buch erzählt. »Es ist eine Art mathematisches Judo. Man zappelt herum und kommt an den unerwartetsten Stellen heraus. Ein Versuch, mit möglichst geringem Einsatz die besten Ergebnisse zu bekommen.«

»Wie wirst du es nennen?«

»Das weiß ich noch nicht genau. Vielleicht *Mensch und Messung*. Wenn man es sich überlegt, ist der Mensch immerhin das einzige Lebewesen, das sich mit Messungen befaßt. Ja, unter anderem scheinen wir sogar hauptsächlich dafür bestimmt zu sein – wir haben Arme, Beine und Füße zum Messen, Finger und Zehen zum Zählen, ein Gehirn zum Rechnen –, wären wir Wale gewesen, wie anders hätten wir uns entwickelt!«

Darüber dachte Cosmo nach, während er die Schule betrat.

Wenn der Mensch so gut im Messen war, warum mußte er dann auch kämpfen? Con hatte gesagt, er sei zum Kämpfen da. Messen und Kämpfen schienen doch sehr im Widerspruch zueinander zu stehen. Oder gab es vielleicht zwei Arten von Menschen, die Messenden und die Kämpfenden?

»Wie geht es denn unserem lieben Wunderknaben heute?« fragte Tansy.

Cosmo beachtete sie nicht, und er hatte den Eindruck, als fänden auch mehrere andere in der Klasse diesen Witz allmählich ein wenig abgedroschen.

Als er seine Hausaufgabenhefte auf den Lehrertisch legte, blickte er sich um und bemerkte, daß mit Meredith etwas nicht in Ordnung zu sein schien. Gewöhnlich fand er ihr Gesicht trotz seines düsteren Ausdrucks recht anziehend – ein klares, wohlgeformtes Oval mit schönen, großen, merkwürdig graugrünen, von schwarzen Wimpern umrahmten Augen. Es war ihm das liebste von allen Mädchengesichtern, falls man unter Feinden überhaupt einen Favoriten haben konnte. Aber heute war es verschwollen und aufgedunsen, fleckig und blaß, die Augen gerötet.

»Was ist mit Meredith los?« fragte er Bun leise, als sie den Garten durchquerten, um zur Andacht in die Aula zu gehen. Er hatte sich nicht verrechnet, wenn es galt, eine so bemerkenswerte Neuigkeit weiterzugeben, hielt sich der dumme Bun nicht mehr an die in der Klasse geltenden Gesetze.

»Ihre Mutter ist gestorben«, flüsterte er. Charley versetzte ihm einen harten Tritt gegen das Schienbein, und er schlurfte schnell von Cosmo weg, den das Mitgefühl für

Meredith wie ein schmerzhafter Stich durchfuhr. Armes Ding – vielleicht war sie deshalb letzte Woche in Gabbys Büro gerufen worden – um zu erfahren, daß ihre Mutter krank war. Und jetzt war sie gestorben – und Meredith war nicht einmal zu Hause gewesen. Er fragte sich, ob sie wohl zur Beerdigung heimfahren würde. Und dann dachte er an den letzten Brief seines Vaters.

»Wir haben einen Gedächtnisgottesdienst für Deine Mutter und Mark abgehalten, weil für jemanden, der nur für tot gehalten wird, keine Beisetzung stattfinden kann. Aber *etwas* schien doch angebracht – wir wollten zeigen, daß ihr Leben von Wert gewesen war, es sollte eine Abrundung sein.«

Als Cosmo nach rechts schaute – wie üblich hatte er sich ans Ende der Reihe gestellt, damit nur einer seiner Klassenkameraden seinen Abscheu darüber kundtun konnte, daß er neben ihm stehen mußte –, sah er, daß Meredith seine Nachbarin war. Offenbar war sie so mit ihrem Kummer beschäftigt, daß es ihr egal war, wo sie stand. Während der Andacht bemerkte er, daß sie sich ein paarmal mit einem Taschentuch verstohlen über die Augen wischte. Beim Hinausgehen machte er sich das allgemeine Gedränge und Geschlurfe zunutze, um ihr ins Ohr zu murmeln: »Das mit deiner Mutter tut mir schrecklich leid, Meredith.«

Sie sah ihn überrascht an, und er bemerkte, daß das dunkle Graugrün ihrer Pupillen trotz der geröteten Augen immer noch schön war – wie Moos auf einem grauen Felsen. Sie antwortete nicht, machte aber eine winzige Kopfbewegung, eine schwache Geste der Anerkennung. Das gab ihm den Mut, hinzuzufügen: »Ich weiß, wie das ist. Meine ist vor zwei Monaten gestorben.«

Daraufhin blickte sie ihn mit weit geöffneten Augen voll an. Erstaunt und verletzt sah er, daß nun flammende Verachtung in ihrem Gesicht stand. Sie sagte: »Ich glaube dir kein Wort! Und ich finde es ziemlich billig, so etwas zu erfinden, nur um Aufmerksamkeit zu erregen.«

Dann machte sie zwei hastige Schritte, um Sheil einzuholen, und ergriff ihren Arm.

Es war, als hätte sie ihm eine Ohrfeige gegeben. Cosmos Wangen brannten vor Zorn und Scham. Lieber würde er sich in siedendes Öl tauchen lassen, ehe er ihr noch einmal sein Mitgefühl bezeugte. Zum Teufel mit ihr! Er war wütend auf sich selbst, weil er diese Antwort mit seinem dummen, schmierigen Werben um Sympathie herausgefordert hatte. Con hätte so etwas nie getan. Con hätte sich lieber bei lebendigem Leibe die Haut abziehen lassen, als zu erwarten, daß irgend jemand aus irgendeinem Grund Mitleid mit ihm hatte – und von jetzt an würde Cosmo es ebenso halten. Er straffte die Schultern und folgte seinen Klassenkameraden in den Unterricht.

Die düstere Stimmung, die auf diesen Vorfall folgte, lastete mehrere Tage lang auf Cosmo; es war ihm gleichgültig, ob jemand in der Remove-Klasse mit ihm sprach oder nicht. Seine eigenen Gedanken waren ihm sogar lieber. Und davon hatte er genug.

Nach dem Abendessen mit Frances und Tim im Spielzimmer zu schlittern, fand er nun eindeutig langweilig und kindisch, statt dessen verbrachte er seine Abende meist mit Lesen in der Bibliothek. Er hatte zu seiner großen Freude

Fortsetzungen mehrerer Bücher entdeckt, die er und Mark besessen hatten (sie waren in einer Kiste unterwegs über das Meer; der Himmel wußte, wann sie eintreffen würden), und hatte *Jan, Son of Finn, The Second Jungle Book* und *The Box of Delights* gelesen. Aber als er am Donnerstag abend in die Bibliothek hinaufging, mußte er enttäuscht feststellen, daß dort eine Lehrerkonferenz stattfinden sollte und er nicht hinein durfte.

»Du kannst dir aber ein neues Buch holen, wenn du dich beeilst, Cosmo«, sagte Miss Nivven freundlich, »und es in deinem Klassenzimmer lesen.«

Hastig griff Cosmo nach *Kim*, obwohl er es schon mehrmals gelesen hatte, und wandte sich zum Gehen. In seinem Klassenzimmer lesen, von wegen! Völlig aussichtslos! Aber dann dachte er: Warum soll ich eigentlich nicht reingehen, wenn ich will? Es ist mein gutes Recht, dort zu lesen, wenn es mir paßt. Con würde mich für verrückt halten, wenn ich es nicht täte. Und damit schlenderte er mit bemüht gleichgültiger Miene hinein.

Zwei Dinge fielen ihm sofort auf – im Raum herrschte eine fieberhaft hektische Stimmung mit viel Gekicher, und sie richtete sich ausnahmsweise nicht gegen ihn.

Von ein paar frostigen Blicken abgesehen, wurde er nicht einmal beachtet. Er schob sich auf seinen Platz, zog einen Block und einen Bleistift heraus und begann, einen Brief an Con zu verfassen.

»Lieber Con«, schrieb er, »ich wüßte gerne, was Du von den Leuten in dieser Schule halten würdest. Ich glaube, sie würden Dir ziemlich kindisch vorkommen . . .«

Die im Raum Anwesenden – es waren acht, eigentlich alle

bis auf die beiden Tagesschüler – schienen in ein Gespräch über Schnupftabak vertieft. Cosmo hörte zu, während er seinen Phantasiebrief verfaßte, und fragte sich, was wohl an Schnupftabak so Besonderes sei, daß sie sich alle so aufgeregt und verschwörerisch benahmen.

»Mein Vater nimmt immer Rappee«, erklärte Moley sachkundig. »Er kauft am liebsten groben Tabak, mahlt ihn dann selbst noch einmal und aromatisiert ihn dabei mit Bergamottöl und Korianderrinde. Aber mir ist ein leichterer Stoff lieber.«

»Du nimmst Schnupftabak, Moley?« staunte Bun.

»Aber natürlich. In den Ferien immer. Du nicht?«

»Nein«, sagte Bun.

»Du schnupfst nicht, Bun?« rief Tansy kichernd. »Da bist du aber wirklich hinter dem Mond! Das machen doch alle. Welche Marke nimmst du, Charley?«

»Ach, ich ziehe gewöhnlich eine trockene Sorte vor«, behauptete Charley gedehnt. »Meistens eine Mischung aus Wales – die wird nämlich vor dem Mahlen geröstet.«

»Ich mag meinen Schnupftabak feucht und würzig«, schaltete sich Sheil ein. »Mit Nelken und Rosenöl parfümiert. Erinnere mich daran, daß ich dir mal meine Schnupftabaksdose zeige, Bun, sie ist sehr hübsch, ich habe sie oben in meinem Handarbeitskorb.«

Cosmo wurde jetzt klar, daß Bun ganz hinterrücks auf den Arm genommen werden sollte; seine Klassenkameraden hatten offenbar vorübergehend das Interesse an ihm selbst als Zielscheibe verloren und richteten ihre gehässigen Energien auf andere Objekte.

»Du solltest wirklich schnupfen, Bun«, sagte Chris. »Es

ist kindisch, wenn man es nicht tut. Ich glaube, sogar unser Wunderknabe da drüben würde zugeben, daß er schnupft, wenn ihn jemand danach fragen würde.«

Cosmo spürte, daß dies eine Herausforderung war. Sollte er sich Anerkennung erkaufen, indem er Bun piesackte? Er beschloß, sich nicht mit hineinziehen zu lassen.

Bun wurde ganz aufgeregt und entschuldigte sich wortreich. »Aber ich weiß doch gar nicht, wie man schnupft! Und wo man den Schnupftabak herbekommt! Wo muß ich hingehen? Kriegt man ihn in einem Laden zu kaufen? Bis jetzt hat mir noch niemand etwas von Schnupftabak gesagt.«

»Ach, darüber brauchst du dir keine Sorgen zu machen«, beruhigte Charley ihn freundlich. »Man kann ihn natürlich bei einem Tabakhändler kaufen, aber solange du dich nicht endgültig für eine Sorte entschieden hast, gehst du am besten zu Mr. Gabbitas und fragst ihn um Rat.«

Nun stießen sich alle an und wechselten bedeutungsvolle Blicke; Cosmo begriff, wohin die ganze Sache führen sollte.

»Das geht doch nicht!« rief Bun erschrocken aus. »Mr. Gabbitas fragen? Das kann ich nicht!«

»Aber begreifst du denn nicht, dafür ist er doch da. Um dich zu beraten. Du gehst einfach hin und klopfst an seine Tür – ich weiß zufällig, daß er jetzt in seinem Büro ist und Kaffee trinkt –, und dann sagst du zu ihm: Würden Sie mich bitte eine Prise von Ihrem Schnupftabak probieren lassen, Mr. Gabbitas?«

»O nein, das kann ich nicht machen«, protestierte der arme Bun, aber es war klar, daß ihn die Vorstellung trotz allem faszinierte, ja beinahe hypnotisierte.

»Du solltest es wirklich tun«, versicherte ihm Rebecca ernsthaft. »Überlege dir doch mal, wie wir uns alle vorkommen, wenn wir in der ersten Intermediate sind, und du schnupfst noch immer nicht.«

Alle pflichteten ihr bei.

»Wir müssen uns ja für dich schämen, Bun, wenn wir alle eigene Studierzimmer haben, und du kennst dich nicht mit Schnupftabak aus.«

»Am Ende mußt du noch ein Jahr länger in der Remove bleiben.«

»Ach du meine Güte.« Bun war völlig verwirrt und außer sich. »Tatsächlich? Das möchte ich aber nicht. Na schön. Dann gehe ich eben. Aber ihr müßt mir noch einmal erklären, was ich sagen soll.«

Cosmo bemerkte, daß sich Meredith als einzige nicht an diesem spöttischen Chor beteiligt hatte. Sie saß stumm da, das Kinn in die Hände gestützt, in Gedanken versunken.

»Selbst Cosmo wird dir bestätigen, daß du zu Mr. Gabbitas gehen sollst, Bun«, sagte Charley und warf Cosmo einen prüfenden Blick zu. »Das stimmt doch, Wunderknabe? Und Draculas Tante wäre sicher der gleichen Meinung. Ich bin überzeugt, daß sie auch schnupft.«

»Soll ich zu Mr. Gabbitas gehen, Cosmo?«

»Nein, Bun, sei doch nicht so albern. Merkst du denn nicht, daß sie dich nur auf den Arm nehmen wollen?«

»Oho«, murmelte Moley, »Cosmic hat was gegen Schnupftabak für Jugendliche.«

»Ich finde euch alle ziemlich kindisch, wenn ihr es genau wissen wollt«, sagte Cosmo. »Bun, die wollen dich zu Mr. Gabbitas schicken, um sich einen Jux zu machen, begreifst du das nicht?«

Trotzdem ließ sich Bun schließlich überreden, zum Direktor zu gehen; seine Klassenkameraden warteten entzückt und aufgeregt, vor unterdrücktem Lachen fast platzend, auf die Explosion. Bun kam eine Minute später verwirrt und enttäuscht zurück.

»Er hat überhaupt nicht das gemacht, was ihr gesagt habt; er war nur verärgert! Er hatte zwei Damen zum Kaffeetrinken bei sich, und er sagte: ›Sei nicht albern, Bunthorne, geh jetzt und belästige mich nicht weiter.‹ «

»Ach, dann hast du ihn bestimmt nicht richtig gefragt.« Charley konnte sich vor Lachen nicht mehr halten. »Was hast du denn gesagt?«

»Was ihr mir geraten habt: ›Kann ich bitte eine Prise Schnupftabak haben, Mr. Gabbitas.‹ «

»Nein, nein, nein, du hättest sagen sollen: ›Ich würde gerne einmal eine Prise Schnupftabak probieren, Mr. Gabbitas, aus Ihrem Vorrat!‹ Jetzt gehst du hin und versuchst es gleich noch einmal, genau mit diesen Worten, du wirst sehen, das wirkt wie ein Zauberspruch.«

Bun war ganz rot im Gesicht, wurde aber trotz seiner Einwände erneut zur Tür geschoben.

»Ihr seid wirklich ein Haufen Schwachköpfe«, sagte Cosmo ärgerlich und stand auf. Dem Himmel sei Dank, es war halb neun, er konnte schlafen gehen. »Was ihr so toll daran findet, den armen Teufel an der Nase rumzuführen, weiß Gott allein; ich hätte gedacht, es gäbe interessantere Beschäftigungen.«

»Was ist er doch für ein süßer Tugendbold«, sagte Tansy in das erschrockene Schweigen hinein, das seinen Worten folgte. Cosmo verließ das Zimmer und schloß energisch die Tür hinter sich.

Traurig, zornig und von Empörung erfüllt, ging er nach oben und legte sich zu Bett.

Er dachte über seinen Phantasiebrief an Con nach.

Ich würde ihn gerne abschicken, dachte er, aber das geht nicht. Es gibt keine Möglichkeit, mit Con in Verbindung zu treten. Oder mit Mark und Ma. Sie sind für mich nicht erreichbar, aber warum? Ich kann einen Brief an Vater schreiben, ihn in einen Umschlag stecken, eine Marke draufkleben, ihn in den Holzkasten auf dem Tisch in der Halle legen, und irgendwie findet er aus diesem Kasten den Weg nach Australien, obwohl es vierzehntausend Kilometer weit weg ist. Was beweist mir denn, daß er aus dem Kasten nach Australien geht? Nichts. Und doch tut er es. Warum gibt es nicht einen Weg, mit Con, Mark und Ma Kontakt aufzunehmen? Das ist doch auch nicht unwahrscheinlicher. Laserstrahlen oder Raumfahrer, die man auf den Mars schickt, interessieren mich nicht die Bohne – warum können sich die Wissenschaftler nicht mehr darum bemühen, Kontakt mit Leuten aufzunehmen, die nicht mehr da sind?

Er schrieb in sein Tagebuch: »Alle in der Remove foppen den armen Bun«, dann schlief er ein. Sofort begann er von Mark zu träumen, der merkwürdigerweise eine Brille trug, was er in Wirklichkeit nie getan hatte. Er war in ein Buch vertieft und reagierte sehr gereizt, als Cosmo mit ihm reden wollte – das war bei Mark oft vorgekommen. Er konnte es nicht ausstehen, wenn man ihn beim Lesen störte – das war das einzige, was seinen Gleichmut zu erschüttern vermochte.

»Geh doch weg, Cosmo«, sagte er im Traum. »Stör mich jetzt nicht. Wenn du willst, kannst du dir meine Schmetterlinge ansehen.«

Marks Schmetterlinge! Cosmo wäre beinahe aufgewacht, so heftig bedrängte ihn die Frage, was wohl mit ihnen geschehen war. Es war eine phantastische Sammlung gewesen, nicht nur australische Insekten, sondern auch viele aus Neuguinea, China und Japan. Mark hatte mit enormem Eifer gekauft, gesammelt, korrespondiert und getauscht und alle Exemplare in drei schönen japanischen Lackvitrinen untergebracht. Was würde aus ihnen werden? Vater konnte sie doch wohl kaum mit nach England bringen. Einst war es Cosmos größter Wunsch gewesen, diese Herrlichkeiten zu besitzen – Mark hatte ihm nur selten gestattet, sie anzusehen, denn er sagte, wenn man sie zu oft dem Licht aussetzte, würden ihre Farben ausbleichen. Aber seit Marks Tod hatte der Gedanke für Cosmo irgendwie an Reiz verloren. Wahrscheinlich würde Vater sie einem Museum schenken ...

Am nächsten Tag, gerade als die Schüler der Remove sich vor dem Essen die Hände waschen wollten, kam Mr. Gabbitas in eiskalter Wut in den Raum gestürmt. Cosmo hatte den Direktor bisher nur wohlwollend erlebt und stellte nun mit Interesse fest, daß er auch wütend sein konnte – er hatte immer so sanft, so saft- und kraftlos gewirkt. Jetzt war er ganz weiß vor Zorn und sah mit seinem schmalen Gesicht, den hellen Augen, den weißen Haaren, Brauen und Wimpern und den schnellen, peitschenden Bewegungen wie ein weißes Frettchen aus oder vielleicht, dachte Cosmo, wie eine dünne, trockene, weiße, pelzige Giftschlange, gereizt und gefährlich. Bun hatte das Zimmer bereits verlassen, Mrs. Robinson hatte ihn gerufen, um ihm einen neuen Blazer anmessen zu lassen. Der alte Gabby blickte sich scharf im Klassenzimmer um.

»Priest und Salford können gehen«, sagte er. Andy und Lot verschwanden aus dem Zimmer. »Euch anderen habe ich etwas zu sagen«, fuhr Mr. Gabbitas fort. »Gestern abend habt ihr euch alle auf eine besonders dumme, kindische und gehässige Weise zusammengetan, um den armen Bunthorne zum Narren zu halten. Und mich auch. Ich werde damit schon fertig – obwohl ich es ganz und gar nicht leiden kann, wenn man mich am Ende eines schweren Tages und noch dazu, wenn ich Besuch habe, mit albernen Streichen belästigt –, aber der arme Bunthorne ist, und das wißt ihr ganz genau, nicht fähig, solche Scherze zu begreifen. Ihr habt ihn gekränkt, verstört und in Unruhe versetzt. Ich hoffe, ihr schämt euch wenigstens gründlich.«

Niemand sagte ein Wort. Er starrte die Reihe gesenkter, ausdrucksloser Gesichter an und fuhr fort. »Zur Strafe für dieses kindische Benehmen verläßt keiner von euch über das Wochenende die Schule oder fährt nach Hause. Ihr werdet hierbleiben und zusätzliche Lateinaufgaben machen, die euch Mr. Falaise stellen wird. Hoffentlich bringt euch das dazu, euch in Zukunft weniger verantwortungslos zu verhalten.«

Alle keuchten entsetzt auf, als er sich zum Gehen wandte. Das war nun wirklich ein bißchen hart! Aber niemand hatte den Mut zu protestieren.

Meredith hob jedoch die Hand.

»Ja, Meredith, was ist?« Mr. Gabbitas mäßigte seinen Ton ein wenig, als er sie ansprach, aber dann machte er alles nur noch schlimmer, indem er hinzufügte: »Ich muß schon sagen, ich bin sehr erstaunt, Meredith, daß ausgerechnet du dich an einem so niederträchtigen Streich beteiligst, noch dazu jetzt. – Nun, was willst du?«

Meredith wurde dunkelrot und dann wieder blaß. Jemand murmelte: »Das ist unfair, du alter Dreckskerl.«

Meredith nahm sich zusammen und sagte: »Sir, Cosmo Courtoys sollte nicht bestraft werden. Er hat – er hat sich an der Sache mit dem Schnupftabak nicht beteiligt, er hat sogar versucht, Bun davon abzuhalten, daß er zu Ihnen ging – und uns hat er einen Haufen Schwachköpfe genannt.«

»Ach, tatsächlich, was du nicht sagst?« Mr. Gabbitas sah Cosmo scharf an. »Nun, Cosmo, ich werde dir deine Strafe nicht erlassen. Du magst das für unfair halten, aber wenn dir die Sache so klar war, daß du bei dem Streich nicht mitmachen wolltest, dann hättest du auch fähig sein müssen, die anderen davon abzubringen oder Bun davon zu überzeugen, ihnen nicht zu glauben. Mehr habe ich nicht zu sagen. Und jetzt könnt ihr zum Essen gehen.«

Damit verließ er den Raum.

Cosmo war zutiefst schockiert und entrüstet, als ihm klar wurde, daß er das Mühlenhaus noch eine weitere Woche nicht wiedersehen würde. Wie sollte er das ertragen?

Dann bemerkte er, daß der Rest seiner Klassenkameraden ihn mitfühlend ansah.

»Ich muß schon sagen, das ist ein Hammer, Cosmo«, erklärte Charley.

»Wirklich ein starkes Stück«, bemerkte Chris.

»Gabby ist schon ein gerissener alter Schurke«, murmelte Moley.

»Der arme Wunderknabe kriegt es von allen Seiten«, kicherte Tansy.

Sheil sagte: »Zum Teufel mit dem Kerl! Zum Teufel mit ihm! Meine Schwester wollte mich ins Ballett mitnehmen.«

»Jedenfalls vielen Dank, daß du für mich eingetreten bist«, sagte Cosmo zu Meredith.

»Ach, du hättest sicher selbst den Mund aufgemacht, wenn ich es nicht getan hätte«, gab sie kalt zurück.

»Hätte sowieso nichts genützt«, sagte Chris. »Na ja, jetzt haben wir Cosmic eben das ganze Wochenende am Hals.«

»Macht euch deshalb keine Sorgen. Ich rücke euch schon nicht auf die Pelle«, sagte Cosmo und ging zum Lunch hinunter. Dabei stellte er sich vor, wie schrecklich peinlich es sein würde, wenn er Eunice vor aller Augen unten auf der Vordertreppe gestehen mußte, daß er nicht mit nach Hause fahren durfte.

Zu seiner Überraschung hielt ihn jedoch Mr. Gabbitas nach dem Lunch auf der Treppe an und sagte ihm, er habe bereits mit Professor Doom telefoniert und ihr die Situation erklärt. »Und außerdem, Cosmo, begreife ich durchaus, daß du deine Strafe als – äh – ziemlich ungerecht empfinden mußt. Aber ich dachte mir, wenn du als einziger ungeschoren davongekommen wärst, hätte das – äh – deine Schwierigkeiten mit deiner Klasse eventuell noch verschärft.«

»Ich verstehe, Sir.« Ein raffinierter alter Knabe! dachte

Cosmo. Moley hatte ganz recht. Er sieht mehr, als man ihm zutraut. Hatte etwa Maugham etwas zu ihm gesagt?

»Vielleicht«, fuhr Mr. Gabbitas fort, »wirst du im Lauf des Wochenendes Gelegenheit haben, mit einigen deiner Kameraden – äh – engere, freundlichere Beziehungen anzuknüpfen.«

Das bezweifelte Cosmo allerdings.

Die folgende Woche kroch im Schneckentempo dahin. Jeder Tag schien achtundvierzig Stunden zu haben. Ohne das Wochenende, das ihn bisher wie ein Sprungbrett von Montag bis Freitag getragen hatte, erkannte Cosmo erst, wieviel er Eunice, Mrs. Tydings und Mr. Marvell verdankte und wie sehr er das Mühlenhaus, den Nußbaum, das Wehr, die Insel und die Wiese vermissen würde, falls man sie ihm wieder wegnehmen sollte.

Ärgerlich war auch, daß an diesem Wochenende Vollmond war.

»Verflixt noch mal!« rief er, als er am Samstag abend den Mond an seinem Fenster vorbeiziehen sah.

»Was ist denn?« fragte Chris, der sich mürrisch mit Latein beschäftigte – Mr. Falaise hatte sich kooperativ gezeigt und ihnen eine gewaltige Menge zu übersetzen aufgegeben.

Es konnte Cosmo nicht verborgen bleiben, daß seine Klassenkameraden ihr Verbot ein wenig gelockert und angefangen hatten, gelegentlich mit ihm zu sprechen. Wahrscheinlich sollte er froh darüber sein, aber er gab Chris keine Antwort. Wenn er ihm erklärt hätte, daß er sauer war, weil er eine sechsspännige Phantomkutsche versäumte, hätte alles wieder von vorne angefangen.

Nun mußte er bis zum nächsten Vollmond warten.

Endlich kam der Freitag. Das Semester war zu Ende. Alle anderen Internatsschüler hatten in heller Aufregung, die großen Koffer vollgestopft mit ihren Habseligkeiten und den Dingen, die sie im Werkunterricht angefertigt hatten, die Schule schon früher verlassen. Zur Lunchzeit war Cosmo allein im Klassenzimmer der Remove, denn Eunice hielt wie gewöhnlich am Vormittag ihre Vorlesung und konnte ihn nicht früher abholen als an jedem anderen Freitag. Es machte ihm nichts aus. Hier war es friedlich, er lehnte sich auf das Fensterbrett, schaute auf die Woodstock Road hinaus, beobachtete die Aufregung um die reihenweise vorfahrenden Taxis und lauschte auf das Zuschlagen der Autotüren und die Abschiedsworte. Das Wissen, daß sie im nächsten Semester alle wiederkommen würden, gab ihm sogar eine gewisse Sicherheit. Es war nicht so wie der Abschied von Con.

Jemand betrat das Zimmer, und er drehte sich um.

»Hallo«, sagte Meredith. »Bist du noch nicht weg?«

»Meine Cousine kann erst am Nachmittag kommen. Und was ist mit dir?«

»Ach –« Sie biß sich auf die Unterlippe. »Ich werde bei meiner Tante bleiben. Va-, mein Vater findet, ich sollte lieber nicht nach Hause kommen, weil er den ganzen Tag im Büro ist und ich dann allein wäre.«

»Soll das heißen, daß du die ganzen Ferien über bei deiner Tante bleiben mußt? Gefällt es dir dort?«

»Nein. Ich hasse es. Sie wohnt in Northampton – eine schreckliche Stadt. Ich habe dort überhaupt nichts zu tun. In dem Haus gibt es nichts – keine Bücher, gar nichts. Nur in der letzten Ferienwoche will mein Vater Urlaub nehmen, damit ich nach Hause fahren kann. Nur eine einzige Woche daheim.«

Sie wirkte ganz benommen.

»Das ist wirklich ein Jammer«, sagte Cosmo. Dann fügte er impulsiv hinzu: »Soll ich dir schreiben?«

Sie sah ihn skeptisch an. »Na ... schön. Danke. Und ich schreibe auch zurück – allerdings weiß nur der Himmel, was man über Northampton schreiben kann.« Dann nahm sie allen Mut zusammen und fuhr unsicher fort: »Es tut mir leid, daß ich so gemein zu dir war wegen – wegen deiner Mutter. Der alte Gab hat mir gesagt, daß sie tatsächlich gestorben ist. Es tut mir leid, daß ich dir nicht geglaubt habe.«

Cosmo war versucht zu erklären: »Wir wissen immer noch nicht, ob sie wirklich tot ist.« Aber er schwieg. Nach einer Weile sagte er: »Schon gut. Hoffentlich ist es bei deiner Tante nicht zu schlimm. – Hör mal, Mrs. Robinson ruft nach dir.«

»Stimmt. Dann ist sicher meine gräßliche Tante eingetroffen. Mach's gut, Cosmo. Wir sehen uns dann im Mai.«

»Bis Mai.«

Er hörte sie die Treppe hinunterlaufen.

6

Sim

Nach fast zwei Wochen Abwesenheit hatte Cosmo schon beinahe an der Existenz des Mühlenhauses gezweifelt: jetzt konnte er es kaum fassen, daß er wieder hier war. Nichts hatte sich verändert: das Wehr seufzte wie immer, der alte Lob kam würdevoll heranstolziert, um ihn zu begrüßen, die Spirale aus Kletterhaken zog sich blinkend um den grauen Stamm des Nußbaums, Mr. Marvells Enten schnatterten fröhlich an der Mündung des Bachs in den Fluß, und hoch über dem bewaldeten Hang war Blossoms Wiehern zu hören.

Alles war wie immer, aber der Frühling war ein oder zwei Schritte weiter vorgerückt: die Bäume hatten mehr Blätter, der Schlamm am Bachufer begann zu trocknen und abzublättern, Traubenhyazinthen blühten in blauen Flecken in Eunices Blumenbeet, und ein Schwalbenpärchen schoß in der Remise ein und aus wie die Concorde, nur ohne den Lärm.

»Der schönste Platz, den es gibt«, sagte er zu Mrs. Tydings.

»Das ist wahr. Wie dein Vater es übers Herz bringen konnte, bis ans andere Ende der Welt zu gehen und so lange fortzubleiben, das werde ich nie verstehen.«

»Er wollte entkommen. Aber es hat nichts genützt.«

»Hat alles nur noch schlimmer gemacht. Wenn einem

etwas vorbestimmt ist, kommt man nicht davon los, und wenn man bis zum Südpol läuft. Das kannst du dir gleich hinter die Ohren schreiben. Zwei Dinge kann ich nicht ausstehen, das eine ist, wenn man wegläuft, das andere ist, wenn man einer Sache den Rücken kehrt und so tut, als gäbe es sie nicht, obwohl sie einem ins Gesicht starrt. – Und jetzt lauf hinaus, mein Jungchen –« Sie spülten gerade das Frühstücksgeschirr ab – »und fall ja nicht Miss Eunice auf die Nerven, sie steckt bis über beide Ohren in ihrem Buch.«

»Natürlich nicht!«

Er lief hinaus und machte einen weiten Bogen um die Seite des Hauses, an der Eunices Arbeitszimmer lag. Sie steckte wirklich bis über beide Ohren in ihrem Buch, denn sie korrigierte Fahnenabzüge, die aussahen wie lange, extra breite Streifen Toilettenpapier und sich zu einem schrecklichen Durcheinander verhedderten. Sie fügte mit Tinte immer neue Blasen mit mathematischen Formeln ein, bis die Korrekturbogen wie eine Mischung aus Regenwurmhäufchen und einer Ogham-Inschrift aussahen. Eunice hatte Cosmo von Ogham erzählt: es schien ein sehr nützliches, herrlich einfaches Schriftsystem zu sein, zwanzig verschiedene Kombinationen von miteinander verbundenen geraden Linien; ein Jammer, daß es nicht mehr verwendet wurde.

Die Sonne brannte jetzt wirklich heiß vom Himmel, und obwohl Cosmo Con überraschend heftig vermißte – mit Con hatte man herrlich viel anfangen können, viel mehr als mit Mark –, hatte er den Kopf so voller Pläne, daß er kaum wußte, wo er anfangen sollte. Die Boote – die Fohlen – das Mühlengebäude hatte er immer noch nicht erforscht; dann war da sein Lager auf der Insel, wo bereits frische Brennesseln sprießten, er mußte eine Sichel aus dem Werkzeugschuppen holen, um sie abzumähen – es gab eine Menge zu tun.

Er hörte Mr. Marvell auf dem Scheunenhof mit Eimern klappern, also ging er zuerst dorthin, um ihm zu helfen. Die Schweine sollten nächste Woche kommen, am dringendsten war also die Wand des Schweinestalls. Mr. Marvell hatte die alten Schweinekoben für zu klein und unhygienisch erklärt; jetzt legte er alle vier zu einem großen Stall zusammen.

»Die Sau soll drei Wochen nachdem sie hier eintrifft, ferkeln, der Stall genügt also, solange die Ferkel noch klein sind«, erklärte er, während er mit einem Holzhammer auf die Wand einschlug. »Danach will ich sie im Obstgarten frei laufen lassen, damit sie den Boden säubern, da ist nämlich alles mit Brennesseln und Sauerampfer zugewachsen. Schweine machen das recht gut, man darf sie nur nicht zu lange an einem Platz lassen, sonst ruinieren sie den Boden.«

Der Umbau des Stalls beschäftigte sie mit Unterbrechungen fast die ganzen nächsten fünf Tage, und als Gegenleistung half Mr. Marvell Cosmo mit Rat und Tat bei den Booten. Eines davon, ein altes Skiff, war in nicht allzu schlechtem Zustand; nachdem sie einen Vormittag lang mit Dichtungsmasse daran gearbeitet und ein paar neue Planken eingesetzt hatten, war es einigermaßen wasserdicht.

»Jetzt gibst du ihm einen Tag Zeit zum Trocknen, und dann läßt du es einen Tag im Wasser quellen, danach schwimmt es wie eine Nußschale. Aber halte dich vom Wehr fern.«

Das zweite Boot, ein Stakkahn, war in viel schlechterer Verfassung; sie ließen ihn kieloben im Freien liegen, damit er vollständig austrocknen konnte, erst danach wollten sie sich ansehen, wieviel daran gemacht werden mußte.

Boote und Wasser waren etwas, das – abgesehen von jenen Reisen an die Küste – in Australien gefehlt hatte, und jetzt konnte Cosmo gar nicht genug davon bekommen. Niemals überquerte er den Steg, ohne in der Mitte stehenzubleiben, den Wasserpflanzen zuzusehen, wie sie ihre langen Fäden schwenkten, und zu beobachten, wie die Fische vorbeiglitten und wie die Strömung ihre diagonalen Muster wob. Dabei verrann die Zeit, ganze Viertelstunden, so schnell wie das Wasser, nur lautlos. (Eunice behauptete freilich, die Zeit bewege sich nicht – jedenfalls nicht so, wie die Menschen sich das vorstellten. Die Physik hatte gezeigt, daß verschiedene Dinge sich mit verschiedener Geschwindigkeit oder sogar in entgegengesetzter Richtung bewegten. Es war alles recht schwer zu begreifen.)

Am dritten Morgen nach der Bootsreparatur, als Cosmo hinauslief, um nachzusehen, ob das Skiff, das sie unter dem Steg vertäut hatten, während der Nacht viel Wasser aufgenommen hatte, sah er entrüstet, daß ein Junge im Boot lag und las.

»Das ist Privatbesitz – hast du die Schilder nicht gesehen?« fragte Cosmo ziemlich scharf – schärfer als beabsichtigt, weil er einen Augenblick lang gehofft hatte, der Junge sei Con, aber er war es natürlich nicht.

Sichtlich widerwillig klappte der Junge sein Buch zu, schob es in einen Beutel, der an seinem Gürtel hing, und sah kurzsichtig blinzelnd zu Cosmo auf. Er wirkte verwildert und ungepflegt – graue Haut, struppiges Haar von unbestimmter Farbe, knochige, fleckige Hände – *den* würde bestimmt nie jemand aus einer Menschenmenge herausholen, weil er so vielversprechend aussah; wenn dieses Gesicht mit vielen anderen Visagen in einem Korb läge, würde sicher ›Zweite Wahl‹ darauf stehen. Seine Zähne waren verfärbt, weil er sie nicht putzte – wie bei Bun, dachte Cosmo –, und als er sprach, krächzte seine Stimme, als sei sie eingerostet.

»Ich bitte um Verzeihung. Ich hoffte, du würdest hierherkommen. Deshalb habe ich gewartet. Ich wollte nichts Böses. Wenn ich dich beleidigt habe – vergib mir.«

Die Stimme war ganz anders, als Cosmo erwartet hatte; rauh, mit bäurischem Akzent, aber sehr höflich – eigentlich sogar demütig.

»Du hast auf mich gewartet? Entschuldige – ich wollte nicht –« Jetzt schämte sich Cosmo und fand, er sei zu grob gewesen. Aber der Junge sah so jämmerlich, so trübselig und tölpelhaft aus mit seinen großen Händen und Füßen, seinen schäbigen, unscheinbaren Kleidern und seinem skeptischen, Verzeihung heischenden Blick – wieder wie Bun –, daß Cosmo sich unwillkürlich wünschte, er würde weggehen. Er sah dumm aus – das war das Problem. »Hat Mr. Marvell dich hergeschickt?« fragte Cosmo und dachte undankbar: Ich bin zwar einsam, aber diese Art von Gesellschaft brauche ich nicht. Da bleibe ich viel lieber für mich!

»Man hat gesagt, ich könnte von dir lernen. Und deshalb bin ich gekommen, um dich zu bitten, mein Lehrer zu sein. Man hat gesagt, du würdest mich erkennen. Ich bin Sim«, sagte der Junge, als sei damit alles erklärt. »Ich habe meine

Sachen mitgebracht«, fügte er hoffnungsvoll hinzu und zeigte auf einen Haufen Trümmer am Flußufer. Cosmo hatte sie für rostiges Alteisen gehalten, das Mr. Marvell weggeworfen hatte, aber als er genauer hinsah, erkannte er eine Art Tunika und Gamaschen, beides aus Eisenringen, einen verbeulten Helm, der aussah wie Mrs. Tydings' Marmeladentopf und ebenfalls verrostet war, und ein paar furchterregende Gebilde, die Sporen sein mochten.

Jetzt war Cosmo wirklich verblüfft. »Dein Lehrer soll ich sein?« stammelte er. »W-was soll ich dir denn beibringen? Geometrie – solche Sachen?«

»Nein, keine Magie. Ich bin ein ganz einfacher Junge.« Und so sah Sim auch wirklich aus. »Obwohl ich Bücher sehr liebe«, gestand er dann. »Ich war traurig, als mein Vater mich aus dem Kloster genommen hat.«

»Was kann ich dir denn dann beibringen?«

»Nun, kämpfen. Ich gehe nämlich mit auf den Kreuzzug. Nächsten Monat. Mit meinem Onkel Aveyron, dem Bruder meiner Mutter. Wir wollen die Stadt Jerusalem befreien.« Sim stieß einen Seufzer aus, als sei er von dieser Aussicht nicht gerade begeistert.

»Warum gehst du mit«, fragte Cosmo, »wenn du nicht willst?«

»Ich muß doch. Mein Vater hat mich in den Dienst meines Onkels gegeben. Er hatte noch Schulden bei ihm, für ein Stück Land – und die sollen durch meine Dienste beglichen werden. Nun muß ich lernen, mit einem Boot umzugehen – wir werden nämlich übers Meer fahren – und zu kämpfen.«

»Na ja, rudern kann ich dir immerhin beibringen. Das ist nicht schwer. Wir können gleich anfangen, wenn du willst.

Die Ruder sind im Schuppen – hilfst du mir, sie von den Balken herunterzuholen?«

Der arme Sim war genauso ungeschickt, wie er aussah, ein Mensch mit zwei linken Händen – als sie die Ruder herunterholten, wären ihm zweimal beinahe lose Bretter auf den Kopf gefallen, dann rutschte er aus und fiel ins Wasser – aber solche Mißgeschicke konnten seine gute Laune nicht erschüttern, er lachte nur über seine eigene Tölpelhaftigkeit. Als nächstes stellte sich heraus, daß er nicht schwimmen konnte, Cosmo mußte ihm also auch hier die Anfangsgründe beibringen – obwohl das Wasser eisig war, eigentlich viel zu kalt zum Baden, und noch mehrere Wochen so bleiben würde. Aber man konnte den armen Teufel doch wohl kaum so unwissend und unfähig in die Kreuzzüge schicken.

»Laß die Ruderblätter unten, Sim! Du wirst dich noch damit erschlagen, wenn du so in der Luft herumwedelst. Gut, jetzt ruh dich aus – laß sie von selbst am Boot zurückgleiten. – Warum geht eigentlich dein Vater nicht mit auf den Kreuzzug?«

»Oh, er war schon einmal dabei, als er noch jünger war. Damals wurde mein Onkel Robert getötet, und deshalb hat mein Vater das Gut geerbt – er war der zweite Bruder, verstehst du?«

Cosmo verstand.

»Und du bist der älteste Sohn deines Vaters?«

»Hm. Aber er hat mich nie geliebt«, sagte Sim resigniert. »Als ich sechs war, hat er mich ins Kloster gesteckt. Und dort wäre ich auch gerne geblieben. Das Leben eines Mönchs würde mir nicht schwerfallen. Und jetzt wachsen auch meine jüngeren Brüder heran, so daß Vater auf dem Gut genügend Hilfe hat.«

»Hat – hat dir einmal jemand von einer Prophezeiung erzählt?« Cosmo vermied taktvoll das Wort Fluch. Aber Sim sah ihn völlig verwirrt und verständnislos an.

»Vater Anselm ist der Meinung, daß Prophezeiungen eitel und böse sind und vom Teufel kommen. Ich weiß nichts von einer Prophezeiung.«

»Ach, so wichtig ist es nicht.«

Jetzt war Cosmo wirklich zornig – er wußte nur nicht genau, auf wen. Diesen armen Einfaltspinsel einfach auf einen Kreuzzug zu schicken! Der war ja kaum schlau genug, um sich unterzustellen, wenn es regnete. Ganz bestimmt wußte er nicht, was ihm bevorstand. Und sein Onkel, der ihn als Bezahlung für eine Schuld in seine Dienste genommen hatte, wußte es vermutlich auch nicht.

»Auf welche Art mußt du denn kämpfen lernen?«

»Nun, mit Speer und Schwert natürlich – wie sonst?«

Man konnte wohl auch nicht erwarten, daß die Leute im Heiligen Land mit Netz und Dreizack aufeinander losgingen, dachte Cosmo.

»Also, Mr. Marvell hat mir erlaubt, seine jungen Pferde zu reiten – wir könnten es also mit der Lanze versuchen. Deine Rüstung nehmen wir besser gleich mit – die sieht ja schlimm aus –, mit dem verrosteten Zeug kannst du doch nicht nach Jerusalem ziehen! Das muß alles mit einer Metallbürste abgeschrubbt werden. Aber vorher weichen wir es in einem Mittel ein, damit das Gröbste runtergeht. Meine Güte, Mann, ist die schwer! – und so etwas sollst du in der Wüste tragen?« Er stellte sich vor, wie es wäre, unter der

Last all dieser schweren Eisenringe durch die australische Wüste zu stapfen. Sie waren flach, etwa so groß wie Pennymünzen und schuppenförmig übereinander auf eine dicke Lederjacke genäht, die bestimmt selbst schon fünf oder sechs Pfund wog.

Cosmo stellte fest, daß Sim auch vom Reiten so gut wie keine Ahnung hatte. Er erklärte, im Kloster habe er dazu wenig Gelegenheit gehabt, höchstens wenn er, was ganz selten vorkam, mit dem lammfrommen Maultier des Chorleiters auf einen Botengang geschickt wurde. Bei der übermütigen Juno lag er mehr am Boden, als daß er im Sattel saß, so gab ihm Cosmo statt dessen den ruhigeren und gefügigeren Punch.

»Was wirst du wohl da draußen in der Wüste reiten?«

»Mein Onkel hat vor, sechs Schlachtrosse mitzunehmen. Manche Ritter wollen lieber warten, bis sie Akka erreichen, und dort Sarazenenrosse kaufen – aber mein Onkel hat gehört, daß das jämmerliche, klapperdürre Mähren sind, die keinen kräftigen Mann tragen können. Die hier sind eher so wie seine Pferde.« Sim nickte respektvoll zu der stämmigen Blossom hin, für deren gewaltige Hufe man Eisen von der Größe von Faßreifen brauchte.

Vielleicht war es ganz gut, daß Mr. Marvell heute nach Reading gefahren war, um in einem besonders guten Geschäft für landwirtschaftlichen Bedarf Saatgut zu kaufen. Cosmo war nicht sicher, ob er mit dem Training einverstanden gewesen wäre, das sie mit Punch und Juno durchführten – den beiden Pferden schien es allerdings großen Spaß zu machen.

»Strecke die Beine so lang aus, wie du nur kannst, Sim«,

keuchte Cosmo – er erinnerte sich an die Ritter auf dem Teppich von Bayeux, deren Füße fast den Boden berührten. »Und lehn dich zurück – nicht so weit nach vorne fallen. Dein Schwerpunkt muß immer im Gesäß liegen, Mann!«

»Ich bitte um Nachsicht. Dieser Punkt der Schwere ist mir unbekannt.«

Sie ritten mit langen Eschenstangen aufeinander los, die eigentlich nicht schwer genug waren, die Spitzen gingen immer wieder nach oben. Schließlich kam Cosmo auf die Idee, alte Pfund- und Zweipfundgewichte von einer rostigen Waage, die er in der alten Milchkammer gefunden hatte, mit Draht an die Enden zu binden. Nun blieben die Spitzen unten, wie es sich gehörte, waren aber ziemlich gefährlich, wenn sie, was gelegentlich vorkam, ins Ziel trafen. Nach einer Weile hatte Cosmo noch eine gute Idee – er stopfte einen riesigen Plastiksack von der Farm mit Isoliermaterial voll und hängte ihn an einen Ast der großen Eiche in der Mitte der Weide.

»Jetzt stell dir vor, das ist ein Sarazene – nein, nur weiter, Sim, du mußt ihn treffen!« schrie er. »Wenn du ihn nicht aufspießt, spießt er dich auf.«

»Ich bin nicht für den Krieg geboren«, keuchte der arme Sim, als Punch aus dem Galopp heraus schwerfällig zum Stehen kam.

»Was ist denn deine Stärke?«

»Eigentlich gar nichts«, sagte Sim bescheiden. »Aber Bruder Lawrence sagte, ich sei sehr beharrlich.«

Cosmo mußte zugeben, daß das stimmte. Sim war bereit, so lange weiterzumachen, wie man es von ihm verlangte. Schließlich mußten sie jedoch der Pferde wegen aufhören und Punch und Juno herumführen, bis sie zu schwitzen aufhörten und abgerieben werden konnten. Dann galt es, den Kettenpanzer – den Cosmo in Rostfrei eingeweicht hatte – zu scheuern und abzuschmirgeln. Die Drahtbürste, mit der Mrs. Tydings den Herd säuberte, leistete dabei ebenso gute Dienste wie einige Topfkratzer aus Draht, allerdings wurde auch die Haut ihrer Finger stark in Mitleidenschaft gezogen.

»Was wir wirklich bräuchten«, sagte Cosmo, »in Fabriken gibt es das sicher, ist so etwas wie eine große Scheuertrommel, die das Zeug so lange im Schmirgelsand wälzt oder gegen Borsten reibt, bis alles blank ist.«

In Ermangelung einer solchen Maschine mußten sie freilich alles mit der Hand machen.

Hier zeigte Sim jedoch, das mußte Cosmo zugeben, was für ein guter Kamerad er war. Auch wenn er sonst keine besonderen Fähigkeiten besitzen mochte, er hatte eine klare, klangvolle Stimme und kannte alle möglichen Lieder, von Mönchsgesängen und Hymnen bis zu komischen kleinen Versen, von denen er sich einige, wie er errötend gestand, selbst ausgedacht hatte.

Wie schön ist doch meine Schwester Alice!
Sie verdiente zu leben im Paradies.
Ihr Haar glänzt so hell wie das Goldene Vlies
Und die Troubadours nennen sie Bele Alys.

»Der Text ist ziemlich albern, Sim«, sagte Cosmo freundlich, während er an einer Beinschiene rieb. »Aber die Melodie ist spitze.«

»Ich kann auch ein wenig auf der Laute spielen«, verriet Sim. »Der Chorleiter hatte eine. Aber«, fügte er traurig hinzu, »eine Laute kann man natürlich nicht mit auf einen Kreuzzug nehmen.«

Das Säubern der Rüstung zog sich über vier Tage hin. Das Rostfrei nahm, wie Cosmo schon vorausgesagt hatte, nur das Gröbste weg; danach hieß es unermüdlich reiben, nur von ein paar Fechtübungen am Nachmittag unterbrochen. Sim war jeden Abend so erschöpft, daß er wie eine Kerzenflamme zu erlöschen schien. Auch Cosmo war ziemlich müde, aber er verfügte vermutlich über eine bessere Kondition – der arme Sim sah so aus, als habe er sich in seinem ganzen Leben noch nie richtig satt essen können.

Trotzdem fragte Cousine Eunice, als sie aus ihren Fahnenabzügen auftauchte: »Ist mit dir alles in Ordnung, Cosmo? Man bekommt dich ja kaum noch zu sehen.«

»O ja, mir geht's gut«, sagte er. »Es ist nur – ich habe mir da eine Arbeit vorgenommen.«

»Na, dann übernimm dich nur nicht!«

Am Freitag war die Rüstung einigermaßen blank. Bei den Sporen – gefährliche Instrumente mit scharfen Spitzen und so verrostet, daß jedes Pferd davon den Brand bekommen hätte – hatten sie aufgegeben. »Ganz ehrlich, Sim, ich würde sie hierlassen«, sagte Cosmo. »Du bist nicht gerade ein Meister im Reiten – wenn du mit den Dingern einmal zustichst, wirft dich dein Pferd in hohem Bogen ins Tote Meer.«

Danach übten sie ein wenig mit Pfeil und Bogen. Cosmo vermutete, das könnte sinnvoller sein als die ganze Speerkämpferei – er hatte gehört, daß die Sarazenen ihre Angriffe ähnlich wie Guerillaeinsätze durchführten, sie kamen über Sanddünen herangesprengt, schossen einen Hagel von Pfeilen ab und galoppierten wieder davon.

Leider war Sim als Schütze ein hoffnungsloser Fall. Er schien unfähig, etwas zu treffen, das kleiner als eine Tür oder weiter als einen Meter entfernt war.

»Du brauchst eine Brille, Kumpel.«

»Eine Brille?«

»Eine Brille.«

»Ich weiß nicht, was das ist.«

Der arme Junge war extrem kurzsichtig. Wenn er in seinem kleinen Buch, *Das Leben der Heiligen*, las, hielt er es eine Handbreit vor seine Nase.

»Allerdings«, überlegte Cosmo, »könntest du unter diesem Kochtopf wohl sowieso keine Brille tragen. Zieh mal alles an, Sim, und laß dich ansehen.«

Nun wurde Sim Stück für Stück mit der ganzen Rüstung behängt oder beladen: zuerst die kurze Tunika oder vielmehr das Kettenhemd, dessen Ärmel bis an die Handgelenke reichten und zu dem es passende Eisenhandschuhe gab; dann die Gamaschen oder Beinschienen, ebenfalls aus Stoff mit aufgenähten Eisenringen, und schließlich der Helm mit dem Visier, der den harmlosen Sim, als er ihn sich über den Kopf gestülpt hatte, plötzlich höchst bedrohlich aussehen ließ.

»Natürlich fehlten noch ein Schild, ein Schwert und ein Speer«, sagte er. »Aber dafür wird mein Onkel sorgen.«

Den Schild hatte Cosmo ganz vergessen.

»Verflixt – das auch noch! Wieviel wiegt denn so ein Schild? Mindestens zehn oder zwölf Pfund; und dann noch das Schwert; du solltest Gewichtheben trainieren, Sim, um deinen Bizeps zu kräftigen. So, siehst du, täglich morgens und abends zwanzig- oder dreißigmal.«

Sim stieß wieder einen langen Seufzer aus. »Du weißt gar nicht, mein Freund, wie glücklich du bist, daß du an diesem friedlichen Ort leben darfst und nicht fortreiten und die heiligen Stätten von den Ungläubigen befreien mußt.«

»Oh, das weiß ich schon, Kumpel«, antwortete Cosmo traurig. »Das weiß ich ganz genau, das kannst du mir glauben. Hast du jetzt alles, was du brauchst? Wollen wir zur Probe einen Kampf mit Stäben machen, um zu sehen, wie du mit deiner Rüstung zurechtkommst?«

»Danke nein.« Sim ließ sich nicht umstimmen. »Kämpfe wird es binnen kurzem genug geben. Und du warst mir in den letzten paar Tagen ein so guter Freund, daß ich nicht mehr den Wunsch habe, gegen dich zu kämpfen – nicht einmal im Spiel! Gott schütze dich. Wenn ich zurückkomme« – einen Augenblick lang schwankte seine Stimme –, »wenn ich vom Kreuzzug zurückkomme, werde ich dich wieder besuchen, und dann habe ich dir sicher viel zu erzählen und viele Trophäen zu zeigen!«

»Ganz bestimmt«, versicherte ihm Cosmo, aber ihm war zumute, als bräche ihm das Herz. Es begann zu dämmern. Er fragte: »Kommt dein Onkel hierher, um dich abzuholen?«

»Ich soll ihn heute abend oben am Weg treffen, dort, wo er in den Damm mündet. Also muß ich jetzt wohl gehen. Adieu, mein guter, guter Freund und Helfer. Wenn zwei erwachsene Männer voneinander scheiden, schämen sie sich nicht, sich zu umarmen«, fügte er hinzu und umhalste

Cosmo, wobei er fast vornübergekippt wäre. Dann stapfte er langsam, aber verbissen davon, er schwankte leicht von einer Seite zur anderen, konnte aber jedesmal im letzten Moment noch das Gleichgewicht bewahren.

Cosmo sah ihm nach, als er in der Dämmerung verschwand, und hörte Sims leise, klare Stimme tapfer eines von seinen selbsterfundenen Liedern anstimmen:

Seht den Kreuzfahrer
Wie er schreitet einher.
Als Held kehrt er wieder
In Waffen und Wehr.
Er ist tapfer wie alle,
Die um Gottes Lohn
Mit Helm und mit Schwert
Zieh'n nach Askalon.
Wird er nicht erschlagen
Auf dem Felde der Ehr',
Als Held kehrt er wieder
In Waffen und Wehr.

7
Moley

»Weißt du zufällig, ob in dieser Mönchschronik ein Simon Courtoys erwähnt wurde, der in den Kreuzzügen umkam?« fragte Cosmo eines Tages Eunice beim Frühstück.

»Ich kann mich nicht erinnern, Cosmo. Aber es kommt mir doch sehr wahrscheinlich vor, findest du nicht auch? Die Sterblichkeitsziffer bei diesen Kreuzzügen war jedenfalls entsetzlich hoch – etwa fünfzig Prozent der Leute, die auszogen, kamen nie zurück; und bei den früheren, die noch weniger organisiert waren, ging es, glaube ich, eher an die neunzig Prozent heran. Kein Wunder, daß die, die zurückkamen, so zufrieden mit sich selbst waren, daß sie sich mit überkreuzten Beinen auf ihren Gräbern liegend darstellen ließen.«

»Der arme Simon. Vermutlich ist er umgekommen.«

»Der arme Simon«, wiederholte Eunice. »Wo hast du ihn gefunden?«

»In meinem Kopf, glaube ich. Ich – träume dauernd von irgendwelchen Leuten.«

»Ich habe mich schon gefragt, was mit dir los ist. Du bist in letzter Zeit – nun ja, recht abwesend.«

Cosmo sah seine Cousine ängstlich an. Eunice war Wissenschaftlerin; war es möglich, daß sie an das glaubte, was ihm zugestoßen war? Er konnte es ihr nicht erzählen; jetzt noch nicht. Zuerst mußte er selbst mit sich ins reine kommen.

Mit einem vorsichtigen Blick auf ihn fuhr sie fort: »Träume sind gewöhnlich Erinnerungen; der Computer in deinem Gehirn drückt auf einen Knopf und wählt etwas aus, was er dir zeigen will, etwas, das er für wichtig hält. Weißt du, ich habe irgendwo gelesen, daß wir mehr Energie dafür aufwenden, um Dinge zu unterdrücken, die wir vergessen wollen, als um uns an Dinge zu erinnern, die wir im Gedächtnis behalten möchten. Ist das nicht merkwürdig?«

»Glaubst du«, fragte Cosmo, »daß mein Computer auch im Kopf von jemand anderem auf einen Knopf drücken könnte? Von jemandem, der seit Jahrhunderten tot ist? Oder daß sein Computer auf einen Knopf in meinem Geist drücken könnte?«

Eunice sah ihn ernst an. »Warum eigentlich nicht?« antwortete sie dann. »Daß es Telepathie gibt, ist inzwischen eine weithin anerkannte Tatsache. Die Menschen treten ständig auf geistiger Ebene miteinander in Kontakt. Und ich glaube nicht, daß ein Abstand von ein paar hundert Jahren sehr viel ausmachen würde. Paß auf –« Sie schaltete das Radio ein, das zufällig gerade ein Fagottkonzert von Mozart spielte. »Wir hören das genau so, wie Mozart es vor etwa zweihundert Jahren in seinem Geist gehört hat. Es ist, als würde er uns seine Vorstellung übermitteln. Wenn also eine Melodie, warum dann nicht auch andere Dinge? Bilder, Gefühle, Geschmacksempfindungen, Ideen, andere Geräusche? Formeln? Wir dürfen auch nicht vergessen, daß unsere fünf Sinne – Sehen, Hören, Tasten, Schmecken und Riechen – ein schrecklich begrenztes Mittel sind, um herauszufinden, was um uns herum passiert. Wir sind wie taube, farbenblinde, kurzsichtig um sich tastende Fledermäuse – Hunde können Dinge riechen, die wir nicht wahrnehmen, Eulen hören Geräusche, die unser Ohr nicht auffangen kann, Teleskope sehen Objekte, die sich weit, weit außerhalb des für uns sichtbaren Bereichs befinden – der Himmel allein weiß, was direkt vor unserer Nase geschieht, ohne daß unser primitiver Sinnesapparat es erfassen kann. Wir sind wie eine kleine alte Dame, die mit einem Hörrohr und einem Kristalldetektor versucht, die Londoner Philharmoniker zu hören, die im Zimmer nebenan mit voller Lautstärke spielen.« Sie sah auf die Uhr. »Mein Gott, ich muß zusehen, daß ich mit meinen Korrekturen vorankomme. Ich vergesse immer wieder, daß ich weiter im Geschirr bin, auch wenn du Ferien hast. Wir sehen uns beim Lunch –« und damit eilte sie in ihr Arbeitszimmer.

Cosmo beschloß, daß jetzt die Zeit gekommen war, die Mühlengebäude gründlich zu erforschen. Er hatte sich bisher eher davor gedrückt – im Inneren war alles so dunkel und voller Spinnweben, und Eunice sagte, die Fußböden seien morsch; außerdem war er wirklich mit anderen Dingen vollauf beschäftigt gewesen.

Wie gewöhnlich konnte er es nicht lassen, auf dem Steg stehenzubleiben und in das klare, schnell fließende Wasser des Dribble hinunterzustarren. Er dachte an Con und an Sim. Hatte er sie geträumt oder sich ausgedacht? Waren sie nur Ausgeburten seiner Phantasie? Wie konnte er das jemals feststellen? Sie waren ihm ganz real vorgekommen. Da am Ufer war das Boot vertäut, in dem Sim gelegen und in seinem Buch gelesen hatte; dort drüben auf der anderen Seite der Wiese stand der Nußbaum mit der Aussichtsplattform und den Stangen, die er mit Cons Hilfe befestigt hatte.

Es mußten doch wirkliche Menschen gewesen sein? Wenn ich sie mir ausgedacht, wenn ich sie erfunden hätte, dachte er, dann wären sie mir doch von Anfang an sympathisch gewesen, ich hätte ideale Freunde aus ihnen gemacht. Aber ich konnte sie nicht leiden, jedenfalls nicht auf Anhieb. Und später habe ich Dinge über sie herausgefunden, die ich nicht erwartet hatte – sie müssen also wirklich gewesen sein, oder nicht?

Bald würde er Eunice von ihnen erzählen. Aber jetzt noch nicht.

Ganz plötzlich änderte er seine Meinung, er würde die Mühle an diesem Tag doch nicht erkunden.

Ein Grund für diese Entscheidung war eine optische Täuschung, der er einen Augenblick lang erlegen war. An einer Wand des Mühlengebäudes lehnten ein paar halb verfaulte Bretter. Für einen winzigen Moment hatte er fest geglaubt, dort stehe reglos ein Mann in einem schwarzen Umhang und beobachte ihn. Dann drehte er den Kopf ein wenig und erkannte erleichtert, daß er wohl nur den dreieckigen dunklen Schatten der Bretter an der Wand gesehen hatte. Trotzdem – die Mühle konnte noch einen Tag warten. Statt dessen erledigte er verschiedene Arbeiten für Mr. Marvell und half ihm, zwei Pfosten zu setzen und ein Gatter für den Schweinestall zu machen.

Nach dem Lunch erklärte Mrs. Tydings, sie wolle über die Felder nach Gitting-under-Edge gehen, um ihre Cousine zu besuchen, die dort den Laden führte, und fragte Cosmo, ob er mitkommen wolle. In diese Richtung war er noch nie gegangen, und so stimmte er zu. In Regenmänteln machten sie sich auf den Weg, Cosmo trug einen Korb mit einem Kuchen, den Mrs. Tydings für ihre Cousine gebacken hatte.

Der Pfad, dem sie folgten, führte schräg durch den Wald hinter dem Haus nach oben. Die ersten Glockenblumen spitzten heraus, waren aber noch halb eingerollt, man hatte den Eindruck, als schwebe über allem ein grünlichgrauer Nebelschleier. Auf halber Höhe fiel Cosmo ein intensiver Knoblauchgeruch auf: als er nach unten schaute, sah er, daß sie sich über der Stelle befanden, wo der Bach als Quelle aus dem Hang sprudelte, um bergab weiterzufließen.

»Da unten wächst Schutzkraut«, sagte Mrs. Tydings.

»Schutzkraut?«

»Wilder Knoblauch. Siehst du die weißen Blüten? Damit könnte man einen ganzen Schwarm Vampire fernhalten, o ja«, sagte Mrs. Tydings mit ihrem verächtlichen Auflachen, und Cosmo kicherte leise vor sich hin, weil er an den Spitznamen dachte, mit dem die Remove-Klasse Eunice belegt hatte. Wenn die wüßten, wie sie wirklich war!

»Wie geht's eigentlich in der Schule?« fragte Mrs. Tydings, als sie oben waren und aus dem Wald herauskamen. Vor ihnen erstreckte sich ein langer, platter Höhenrücken mit frisch gepflügten Äckern, die sie überqueren mußten. Man fühlte sich wie auf dem Rücken eines Wals auf dieser stürmischen Höhe, umschwirrt von Möwen und Kiebitzen. Der Weg führte in einer Reihe von rechtwinkligen Kurven um die Felder herum. Der Himmel war grau, der Wind trieb die Wolken darüber hin, aber es war nicht sicher, ob es regnen würde.

»In der Schule? Nicht so besonders. Mit dem Lernen gibt es keine Probleme, aber ich mag die Leute nicht. Sie sind gehässig.«

»Aha. Wie die Hühner, könnte ich mir vorstellen«, sagte Mrs. Tydings. Sie hatte einen federnden Gang wie alle, die auf dem Lande leben, und hielt trotz ihres Alters mühelos mit Cosmo Schritt. »Wenn man Hühner in einen Stall sperrt, fangen sie an, auf sich selbst und auf die anderen einzuhacken. Bei Kindern ist es genauso. Ich halte nichts von Internaten. Es ist wider die Natur, Kinder von zu Hause wegzuschicken. Aber du wirst sehen, wenn sie älter werden, bessert sich das bestimmt.«

»Mrs. Tydings«, sagte Cosmo und sprang über einen Zauntritt – vor sich, hinter dem hellbraunen Horizont aus wogender, gepflügter Erde, konnten sie jetzt den Kirchturm und die Dächer von Gitting-under-Edge erkennen, einem kleinen Weiler, der sich an einen grasbewachsenen Abhang schmiegte.

»Ja?«

»Glauben Sie, der Familienfluch der Courtoys wird jemals aufhören?«

»Das geht dir wohl im Kopf herum?«

»Aber natürlich! Was ist, wenn ich erwachsen bin und Kinder habe?«

»Also ich glaube, irgendwann wird Schluß sein damit«, sagte Mrs. Tydings nach einigem Überlegen. »Das Problem ist, wenn jemand wirklich wütend wird, so wie es diese alte Priesterin gewesen sein muß – und man kann es der armen Seele nicht verdenken, schließlich wurden ihre Tochter und ihr Enkel getötet –, wenn jemand so richtig bösartig wütend wird, dann wirkt das, was er tut, auf lange, lange Zeit fort. Es ist wie eine ätzende Säure, die auf einen Stoff tropft – das dringt nicht nur durch eine Schicht, sondern frißt sich immer tiefer hinein. Aber es frißt nicht ewig weiter; irgendwann kommt vielleicht eine dickere Schicht, und dann hört es auf.«

»Sie glauben, mit dem Fluch wird es auch so sein?«

»Ja, sicher.«

»Und wodurch könnte er beendet werden, Mrs. Tydings, was meinen Sie?«

»Na ja«, meinte sie ganz sachlich, »vielleicht macht das, was deine Ma und dein Bruder getan haben, ein Ende damit. Einfach von sich aus weggehen. Das Muster zerreißen, eine andere Schicht einfügen. Verstehst du, was ich meine?«

Und Cosmo verstand tatsächlich sofort, was sie meinte. Er sah sie erstaunt an und dachte dabei, daß ihr pfiffiges, kleines, keilförmiges Gesicht genau zu dem Menschen paßte, der sie war. Ein etwa zwei Meter breiter Flecken Sonnenlicht kam über den Boden auf sie zugefegt. Cosmo wäre am liebsten mit einem großen Satz darübergesprungen.

»Sehen Sie nur – es klart auf«, sagte er. »Ich glaube, bis wir nach Hause gehen, scheint die Sonne – da drüben ist schon ein großes Stück blauer Himmel!«

Als Cosmo an diesem Abend zu Bett ging, war er angenehm müde – nicht erschöpft wie an den Tagen, als er mit dem armen Sim die Rüstung poliert und kämpfen geübt hatte, sondern einfach wohltuend abgespannt von seinen diversen Beschäftigungen und von dem Spaziergang ins Dorf. Er schlief sofort ein und begann gleich darauf zu träumen.

Er träumte, Mark habe ihn in den Hundezwinger gesperrt; sie hatten einmal einen Hund gehabt, aber das war lange her, damals hatten sie noch in Hampstead gewohnt.

»Mark, laß mich raus. Bitte, bitte, laß mich raus!«

Aber Mark wollte nicht.

Cosmo versuchte, den Traum abzuschütteln, und dabei erwachte er. Doch dann wurde ihm klar, daß er wohl immer noch träumte. Mark hatte vor langer Zeit eine abscheuliche Technik gehabt, Cosmo die Bettdecke über den Kopf zu ziehen und sie so festzuhalten, daß er nicht heraus konnte – er hatte Höllenqualen gelitten. Genau das tat Mark auch jetzt. Cosmo wollte schreien, aber in der schwarzen Betthöhle bekam er so wenig Luft, daß er keinen Laut hervorbrachte. Er glaubte zu ersticken, ein schreckliches, alptraumhaftes Gefühl. Es mußte ein Alptraum sein. Und doch konnte er sich nicht daraus befreien. Er versuchte, Arme und Beine zu bewegen, aber sie gehorchten ihm nicht. Ein riesiges Gewicht lastete auf ihm, drückte ihn nieder. Der einzige Grund, warum er nicht völlig plattgequetscht wurde, war, daß das Bett in der Mitte wie eine Hängematte nach unten durchsackte; in diese Kuhle gekauert, den Kopf zwischen die Arme geklemmt, konnte er mit knapper Not überleben. Aber nicht lange ... Wieder versuchte er zu schreien, brachte aber nur ein Ächzen hervor.

Es mußte ein Alptraum sein!

»Cosmo!«

Das war Eunice, ihre Stimme schnappte über vor fassungslosem Entsetzen. »Was in Gottes Namen – Cosmo, ist da unten alles in Ordnung? Bist du da?«

»Aaah –«

»Warte, ich muß Emma holen – bleib ganz ruhig, Cosmo, es dauert nur ein paar Minuten –«

Ihm kam es vor wie hundert Jahre. Wenn er flach atmete, konnte er schätzungsweise noch sechs Atemzüge lang durchhalten. Seine Augen quollen heraus wie rotglühende Kugeln, seine Backen waren aufgebläht, seine Brust schmerzte, als stecke ein Messer darin –

Er hatte bis zwölf gezählt, als er Mrs. Tydings hörte.

»Allmächtiger, gütiger Himmel, Miss Eunice, wie in aller Welt ist der denn dahin gekommen?«

»Ich habe keine Ahnung! Aber Cosmo liegt darunter, und wir müssen ihn wegrücken. Cosmo? Kannst du mich hören?«

»Aaah –«

»Ich zähle jetzt bis drei, und dann heben wir ihn an. Cosmo, kannst du mit nach oben drücken? Vielleicht einen Buckel machen? Wir müssen alle zusammen helfen, um das Ding zu bewegen. Kannst du mich verstehen?«

»Aaah –«

»Okay. Achtung. Eins – zwei – drei! Anheben! Geht es, Emma? Lassen Sie ihn um Himmels willen nicht wieder fallen – schieben Sie ihn auf diese Seite, wenn Sie merken, daß Sie ihn nicht mehr halten können – gut – hau ruck – noch mal – und noch mal – gut so, Cosmo – geschafft!«

Endlich konnte sich Cosmo herauswälzen. Jetzt erst sah er, daß in seinem Zimmer Licht brannte – es mußte schon vorher eingeschaltet gewesen sein, aber er hatte es nicht wahrgenommen. Eunice und Mrs. Tydings – letztere trug ein dickes Nachthemd und einen Morgenrock aus rosa Flanell und wirkte zerzaust und verstört – Eunice war noch angekleidet, sah aber ebenso blaß und erschüttert aus – standen da und starrten nicht Cosmo, sondern das Ding an, das auf ihm gelegen hatte.

Es war der Kleiderschrank.

Nicht etwa ein kleiner Kleiderschrank, sondern ein massives, altmodisches Eichenmöbel, so schwer wie ein Heuwagen. Wahrscheinlich hatte er seit hundert Jahren am Ende dieses Zimmers gestanden. Die beiden hatten ihn mit Mühe ans Fußende des Bettes geschoben und gehoben, und da lehnte er nun wie ein Betrunkener an einem Laternenpfahl. Er hatte mit seinem ganzen Gewicht auf Cosmo gelegen. »Ein Glück, daß das Bett in der Mitte eine so tiefe Kuhle hat«, sagte Cosmo nach einer Weile. »Sonst wäre ich vielleicht wirklich zerquetscht worden.«

»Bist du sicher, daß dir nichts geschehen ist?« fragte Eunice, und ihre Stimme klang ziemlich komisch. Sie war immer noch sehr blaß.

Cosmo bewegte Arme und Beine.

»Ja, alles okay. Nur die Schultern haben ein paar Druckstellen abgekriegt. Glücklicherweise habe ich auf dem Gesicht geschlafen, mit dem Kopf fast unter dem Kissen; das tue ich meistens. Aber wieso bist du gekommen? Ich konnte nicht um Hilfe rufen, weil ich keine Luft bekam.«

»Ich habe den Krach gehört. Ich habe ihn gespürt. Das ganze Haus hat gezittert.«

Mrs. Tydings schaltete sich entrüstet ein. »Wie konnte dieser verwünschte Schrank auf das Bett fallen? Erklären Sie mir das, wie? Hast du ihn durch die Gegend geschoben, Cosmo? Daran herumgespielt oder ihn zu kippen versucht?«

»Ich habe ihn gar nicht angerührt.«

»Er stand doch gut vier Meter weg! Der ist nicht einfach umgefallen, der muß geflogen sein. Wie sollen wir ihn jemals wieder an seinen Platz zurückbringen?«

»Jetzt können wir ihn nicht hinschieben, soviel ist sicher«, sagte Eunice und lachte ein wenig zittrig. »Da brauchen wir erst ein paar kräftige Männer mit Seilen und Hebestangen, damit sie ihn wieder aufrichten. Inzwischen, Cosmo, werden wir, glaube ich, irgendwo anders ein Bett für dich finden müssen. Aber zuerst trinken wir alle einen Schluck Brandy.«

Lob stand winselnd und ganz außer sich von dem ganzen Geschehen oben an der Treppe. Nun folgte er ihnen nach unten und drückte sich gegen Eunice, als sie den Brandy einschenkte. »Ich kann's dir nicht verübeln«, sagte sie zu ihm. »Ich fühle mich genauso!«

»Könnte es ein Erdstoß gewesen sein?« überlegte Cosmo.

Er nippte an dem Brandy, den er noch nie probiert hatte: wie scharfe Vanille, fand er; nicht besonders wohlschmekkend, aber sicher sehr wärmend und belebend, wenn er den Magen erreichte.

»Wenn es ein Erdbeben war«, fuhr ihn Mrs. Tydings an, »warum ist dann sonst nichts umgefallen? Solange ich lebe, ist dieser Schrank noch nie bewegt worden.«

Eunice sah Cosmo besorgt an und sagte: »Es sieht so aus, als hättest du etwas aufgescheucht, Cosmo.«

»Und was könnte das sein?« fragte er beunruhigt.

»Tja – das weiß ich auch nicht so recht. Etwas mit großer Energie.«

»Daß in einem Kleiderschrank Energie steckt, höre ich zum erstenmal«, bemerkte Mrs. Tydings verächtlich.

»Vielleicht schläfst du für den Rest der Nacht lieber in Emmas Häuschen. Hätten Sie etwas dagegen, Emma?«

»Natürlich nicht. Er ist herzlich willkommen. Aber was ist mit Ihnen, Miss Eunice? Haben Sie keine Angst, hier allein zu bleiben?«

»Wo ich seit zwanzig Jahren lebe? Ganz bestimmt nicht! Ich habe ja Lob. Außerdem glaube ich nicht, daß diese Störung etwas mit mir zu tun hat. Es ist ganz offensichtlich, daß Cosmo die Ursache ist.«

»Es tut mir sehr leid«, sagte Cosmo verlegen.

»Oh, du brauchst dich nicht zu entschuldigen, mein Lieber! Ich finde das kolossal interessant. Ich glaube nur, wir sollten dich in den nächsten paar Tagen sorgsam im Auge behalten.«

In Emmas Häuschen war es gemütlich – man kam sich vor wie in einem Ei. Das winzige Haus – nur zwei Räume oben und zwei unten – war an die langgestreckte Scheune angebaut. Cosmos Schlafzimmer lag zur Seite hin und ging auf einen kleinen Hof mit Kopfsteinpflaster hinaus, an dessen Rand Mrs. Tydings Nelken, Lavendel und Salbei gepflanzt hatte, an der Hauswand wuchs ein Kamelienbusch, außerdem standen dort Töpfe mit Geranien und Begonien. Aus dem Schuppen gegenüber war das behäbige Schnattern ihrer Enten zu hören. Vom zweiten Fenster in der hinteren Wand aus sah man die Wasserwiese und den Wald, der sich im Bogen zum Fluß hinabzog.

An den Wänden hingen Tapeten mit Rosenmuster und

zwei Bilder, das eine zeigte König Georg V. mit dem Hosenbandorden, das andere ein kleines Mädchen, das mit seelenvollem Blick zu einer Lerche aufschaute.

Trotzdem dauerte es lange, bis er wieder einschlief.

Am nächsten Morgen kam Mr. Marvell, um sich den umgestürzten Schrank anzusehen. »Man weiß gar nicht, was man davon halten soll, nicht wahr?« sagte er, nachdem er sich eine Weile schweigend umgesehen hatte. Er äußerte keine Vermutungen darüber, was das Möbelstück veranlaßt haben könnte, sich vier Meter von seinem Standort wegzubewegen und auf Cosmo zu fallen, sondern fuhr nachdenklich fort: »Möchten Sie, daß er wieder dahin gestellt wird, wo er vorher war, Miss Doom? Ich könnte sicher ein paar Arbeiter vom Gutshaus bekommen, die mir dabei helfen.«

»Ich möchte das Ding lieber loswerden. Was meinst du, Cosmo? Du hättest dann viel mehr Platz in deinem Zimmer, falls du einmal eine Modelleisenbahn oder so etwas aufstellen möchtest.«

Cosmo glaubte zwar nicht, daß er jemals Interesse an Modelleisenbahnen haben würde, aber er freute sich, weil Eunices Worte andeuteten, daß das Mühlenhaus auch in Zukunft sein festes Zuhause sein würde. Seine Ansicht über den Schrank war eindeutig.

»Ich möchte ihn auch lieber loswerden, danke.«

»Kann ich dir wirklich nicht verdenken. Nun, Mr. Marvell, ist es möglich, ihn rauszuschaffen?«

Mr. Marvell maß den Schrank mit den Augen ab.

»Nicht in einem Stück«, sagte er dann. »Der muß hier drin zusammengebaut worden sein. Wunderbares Eichenholz. Gibt herrliche Bretter. Man könnte eine hübsche Frisierkommode oder ein halbes Dutzend Teetische draus machen.«

»Da wird uns schon noch etwas einfallen.«

»Vielleicht ist ein Skelett drin«, sagte Cosmo hoffnungsvoll. Es kam ihm noch immer ziemlich unheimlich vor, daß das massive Möbelstück wie betrunken am Ende seines Bettes lehnte. Es mußte ein Erdbeben gewesen sein. Wie sonst hätte es dorthin kommen können?

Er war ein wenig enttäuscht, als man ihn nicht dazu ermunterte, beim Zerlegen des Kleiderschranks mitzuhelfen.

»Bitte, tu mir den Gefallen, Cosmo, und bleib weg«, sagte Eunice. »Ich kann mir nicht helfen, aber ich habe Angst, dir könnte wieder etwas auf den Kopf fallen, wenn er auseinandergenommen wird – vielleicht schneidet dir auch jemand versehentlich das Bein ab, oder es passiert sonst ein kleines Mißgeschick. – Ich muß nach Oxford, um die Korrekturbogen in den Verlag zu bringen – möchtest du vielleicht mitkommen? Ich bin erst um zwei mit meinem Verleger verabredet – wir könnten am Vormittag ein paar Sehenswürdigkeiten besichtigen und dann irgendwo zum Lunch gehen.«

Der Vormittag verlief recht angenehm, sie sahen sich die Collegegärten an, stiegen in die Radcliffe Camera und auf den Magdalen Tower hinauf und aßen schließlich im ›Mitre‹ zu Mittag.

Danach suchte Eunice ihren Verleger auf, und Cosmo ging inzwischen in Blackwells Buchladen, wo er zu seiner Überraschung den blassen, in sich gekehrten Moley entdeckte, der ebenfalls zwischen den Taschenbüchern herumstöberte.

»Hallo!« sagte Cosmo unbedacht, er hatte die Fehde im Moment ganz vergessen. »Was machst du denn in Oxford?«

»Selber hallo.« Moleys Begrüßung klang nicht direkt abweisend, eigentlich sogar recht freundlich. »Warum sollte ich nicht hier sein? Ich wohne in Oxford.«

»Ja aber – wenn du hier wohnst, warum in aller Welt bist du dann im Internat?«

Moley erklärte ruhig: »Ich bin im Internat, weil es mir da besser gefällt.«

»Du bist lieber im Internat als zu Hause?« Cosmo war wie vom Donner gerührt.

»Du lieber Himmel, ja«, sagte Moley gedehnt. »Weißt du, meine Eltern sind geschieden, und meine Stiefmama, die hier in Oxford mit meinem Dad lebt, ist nicht so ganz mein Fall – und meine lieben, süßen, engelhaften kleinen Stiefgeschwister erst recht nicht. Außerdem habe ich angeblich eine etwas lädierte Pumpe« – er klopfte sich an seine magere Brust –, »und der alte Doc Hobson meinte, es wäre im großen und ganzen weniger aufreibend, wenn ich in geregelten Verhältnissen in der Schule wohne. Bei meinem Vater geht manchmal alles ein bißchen drunter und drüber.«

Cosmo wußte kaum, was er sagen sollte. Die neuen Erkenntnisse über Moleys Familienleben erschütterten ihn sehr und erregten sein Mitgefühl. Nach kurzem Schweigen fragte er: »Und was ist mit deiner richtigen Mutter? Wo ist sie?«

»Na ja, sie ist Schauspielerin, Lalage Bosworth –« Selbst Cosmo, der von so weit herkam, kannte diesen Namen – »deshalb ist sie meistens irgendwo unterwegs, um einen Film zu drehen oder Theater zu spielen. Aber wenn sie in London arbeitet, sie hat dort ein Haus, verbringe ich die Ferien bei ihr.«

In diesem Augenblick betrat Eunice in Begleitung eines schlanken grauhaarigen Mannes mit sorgenvollem Gesicht den Buchladen.

»Ach, da ist ja mein Dad«, sagte Moley. »Der alte Knochen ist eigentlich gar nicht so übel. Aber leider hat ihn meine Stiefmama total unter dem Pantoffel.«

»Da bist du ja, Paul!« Moleys Vater warf ihm einen liebevoll gereizten Blick zu. »Professor Doom und ich müssen zu ihr nach Hause, um uns weiteres Material anzusehen, das vielleicht noch in ihr Buch aufgenommen werden sollte. Möchtest du mit dem Bus heimfahren, oder« – er schaute von seinem Sohn zu Cosmo und schließlich zu Eunice – »möchtest du lieber mitkommen? Professor Doom hat das freundlicherweise vorgeschlagen.«

»Komm ruhig mit, wenn du magst, Paul«, sagte Eunice. »Für Cosmo wäre es schön, wenn er ein wenig Gesellschaft hätte.«

Cosmo wurde ganz unruhig. Würde Moley jetzt denken, man setze ihn unter Druck, damit er den Klassenparia besuchte? Wollte er selbst überhaupt, daß Moley mitkam?

Moley schien ziemlich unschlüssig, aber vielleicht fand er die Mühle doch verlockender als seinen Stiefbruder und seine Stiefschwester, und so sagte er nach kurzem Überlegen: »Danke, ich komme gerne mit.«

Es wurde vereinbart, daß Moley mit Cosmo und Eunice fahren sollte, während Professor Molesworth in sein Büro zurückging, um noch einen Satz von Eunices Korrekturbogen zu holen. Auf der Fahrt zeigte Eunice, daß sie überraschend komisch sein konnte, und erzählte, wie sie in der Zeit, als sie noch an einer Schule unterrichtet hatte, mit einer Gruppe von Mathematikschülern der Oberstufe auf Arbeitsferien zu einer schottischen Burgruine gefahren war, die sich dann als Lagerplatz einer illegalen Whiskybrennerei entpuppte, und wie ihre Schüler sich mit den Whiskyschmugglern eingelassen hatten.

»Ich wunderte mich schon, weil sie in Mathematik zwar immer besser wurden, aber auch immer kühner – sie schienen auf einmal Gedankengänge erfassen zu können, von denen ich geglaubt hatte, sie gingen weit über ihre Köpfe hinweg; und dann ging ich mit dem örtlichen Laird und seiner Familie zum Dinner aus, und als ich zurückkam, feierten die Schüler mit den Whiskyschmugglern eine wilde Party, spielten in der ganzen Burg Fangen und suchten in den Kerkern nach der Wurzel aus minus eins, weil jemand steif und fest behauptete, er habe sie dort unten gesehen.«

Moley lachte schallend. »Gab es in der Burg auch Gespenster?«

»Nein, das nicht. Aber es sieht so aus, als hätte sich bei uns in der Courtoys-Mühle ein Poltergeist eingenistet, nicht wahr, Cosmo?« Eunice erzählte die Geschichte mit dem Kleiderschrank.

Cosmo beobachtete dabei ängstlich Moleys Gesicht, fragte sich, ob sein Klassenkamerad das wohl wieder für eine Familienprahlerei oder für Übertreibung halten würde, und dachte, Eunice hätte besser nichts von dem Kleiderschrank erwähnt. Aber Moley schien aufrichtig interessiert und erstaunt.

Außerdem machte sich Cosmo ein wenig Sorgen wegen Moleys Herzschwäche; angenommen, es stürzte noch ein Möbelstück um, während er sich im Mühlenhaus aufhielt? Am besten blieben sie soviel wie möglich im Freien. – Es war zwar traurig, aber doch auch eine gewisse Erleichterung, daß Con und Sim nicht mehr da waren – falls Moley sie überhaupt hätte sehen können. Aber das war doch sehr unwahrscheinlich.

Wie auch immer, Cosmo war sehr nervös und wünschte, es wäre nicht zu diesem Besuch gekommen. Während der ganzen Fahrt war er ziemlich schweigsam und verkrampft und fürchtete, daß dies sowohl Eunice wie auch Moley auffallen würde.

Professor Molesworth holte Eunice mit seinem flotten kleinen Renault am Kreisverkehr ein – sie hatte sich Zeit gelassen –, und von da an fuhren die beiden Wagen im Konvoi, die Jungen öffneten abwechselnd die Gatter, und alle trafen gemeinsam ein.

Sobald sie das Mühlenhaus erreicht hatten, verschwanden Eunice und Professor Molesworth, um an dem Buch zu arbeiten.

Cosmo führte Moley ohne große Begeisterung herum. Zuerst gingen sie zur Insel und sahen sich das Wehr und Cosmos Lichtung an. Der Eingang zur Mühle war mittlerweile völlig von Brennesseln, riesigen Kletten und Weberkarden überwuchert; Cosmo schlug nicht vor, hineinzugehen, und Moley schien auch kein Verlangen danach zu haben.

Dann fuhren sie mit dem Skiff eine Viertelmeile flußaufwärts, Cosmo ruderte, denn das war eines der Dinge, die Moley untersagt waren. Es stellte sich jedoch heraus, daß er ein begeisterter Angler war und viel davon verstand, und er fragte, ob er irgendwann mal einen Tag zum Fischen kommen dürfte. Cosmo war ziemlich traurig, weil ihn das Boot an den armen Sim erinnerte. Nach einer Weile hörte er auf zu rudern, ließ es zum Anlegeplatz zurücktreiben und zeigte Moley statt dessen die Farmgebäude und die Schweine, die inzwischen ihren neuen Stall bezogen hatten. Eine Weile konnte man sich damit beschäftigen, ihnen den Rücken zu kraulen – aber der Nachmittag schleppte sich doch recht langsam dahin, weil Cosmo nicht genau wußte, was Moley gerne tat, und weil Moley viel zu höflich war, um Vorschläge zu machen.

In der Scheune trafen sie Mr. Marvell, der dabei war, das Schweinefutter anzurühren.

»Das war einmal dein Kleiderschrank«, sagte er und nickte zu einem Stapel massiver Eichenbretter hin. »Ein Skelett war nicht drin, du bedauerst das wahrscheinlich. Das einzige, was wir gefunden haben, war ein Penny aus der Zeit von George III. Nimm ihn als Talisman – vielleicht beschützt er dich davor, daß dir noch einmal was auf den Kopf fällt.«

Er fischte die Münze aus der Tasche. Sie war sehr dick, hatte einen tief eingekerbten Rand und trug das Datum 1765 und auf der anderen Seite den lorbeerbekränzten

Kopf von George III. Jemand hatte ein kleines Loch hineingebohrt.

»Du kannst es dir um den Hals hängen«, schlug Mr. Marvell vor und zog ein Stück Bindfaden durch das Loch.

Der Fund verbesserte Cosmos Stimmung, und er führte Moley um das Haus herum und zeigte ihm den Ausguck im Nußbaum.

»Mann!« Moley war ganz neidisch. »Hast du den gebaut? Das ist ja ein Ding! Ich wollte, ich könnte raufklettern – aber das sind genau die Sachen, die man mir verboten hat.«

»Oh, dann läßt du es wohl besser bleiben«, sagte Cosmo hastig und machte sich im stillen Vorwürfe, weil er Moley die Plattform überhaupt gezeigt hatte. Auf keinen Fall wollte er ihn jetzt auch noch zu irgendwelchen verbotenen Betätigungen anstiften.

»Aber geh du doch mal rauf – ich will sehen, wie du über diese Haken kletterst.«

Cosmo huschte nach oben – er hatte inzwischen Übung, wußte, wie man mit dem geringsten Aufwand von einem Griff zum nächsten gelangte, und turnte fast so schnell wie ein Eichhörnchen um den großen, knorrigen Stamm herum.

Er hatte sich angewöhnt, sich vom letzten Haken mit einem Schwung abzustoßen und dabei nach dem Geländerpfosten links von der Einstiegslücke zu greifen, um sich das letzte Stück hinaufzuziehen. Aber als er das heute tat, zerfiel ihm ein Stück des Geländers einfach in der Hand. Vollkommen überrascht und ungläubig spürte er, wie er nach hinten fiel.

Von unten hörte er Moleys erschrockenen Aufschrei. »Mensch! Cosmo!«

Mit Hilfe von Muskeln in seinen Waden und Schenkeln, von deren Existenz er bisher gar nichts geahnt hatte, gelang es ihm, sich zur Seite hin abzudrücken, ehe seine Füße sich vom Stamm lösten. Der Schub reichte gerade aus, daß er mit einer Hand einen ziemlich kleinen Ast erreichte, den er verzweifelt umklammerte, gleichzeitig nutzte er seinen Schwung aus, um mit der zweiten Hand von oben um den Ast herumzugreifen. Als er sich mit beiden Armen festhalten konnte, war die Gefahr vorüber; er schwang die Beine über den Ast und schob sich wieder zum Stamm zurück; dort untersuchte er das defekte Geländer und stieg dann über die Haken hinunter. »Mannomann!« sagte Moley. »Das war ganz schön aufregend! Was ist los, hast du einen Feind? Oder nur Selbstmordabsichten?«

»Ich begreife das nicht«, sagte Cosmo. Nachdem er wieder auf dem Boden stand, waren seine Knie so weich wie Pudding; ja, er zitterte am ganzen Körper. »Mr. Marvell und ich haben diese Pfosten sorgfältig geprüft. Ich hätte geschworen, daß der hier so fest war wie ein Fels. Er sagte, sie würden zehn Jahre halten.«

»Da hat er sich aber schwer geirrt, Mann. Sieh dir das an.«

Moley hatte etwas von dem Stück aufgehoben, das unter Cosmos Hand abgebrochen war. Es war vollkommen verrottet – morsch und brüchig wie Blätterteig.

Cosmo verschlug es die Sprache. Erst nach ein oder zwei Minuten sagte er: »Ich kann es immer noch nicht glauben. Mr. Marvell hat sie alle so genau untersucht. Und ich auch. Kein einziger war morsch.«

Während er darüber nachdachte, fuhr er fort: »Hör mal, es wäre mir lieber, wenn meine Cousine nichts davon erfährt. Sie würde sich Sorgen machen. Schließlich hat sie die Verantwortung für mich, bis mein Vater nach England kommt.«

Und Vater wäre außer sich, wenn er bei seiner Ankunft erfahren müßte, daß sein zweiter Sohn sich den Hals gebrochen hatte.

»Wie du meinst«, Moleys Stimme klang gelassen. »Aber dann solltest du die Spuren irgendwo verschwinden lassen.«

»Ich baue das Geländer ab und verbrenne es später.« Cosmo schauderte. Es begann leicht zu nieseln; mit dem schönen Wetter war es vorbei. »Komm, wir gehen rein. Es muß sowieso fast Teezeit sein.«

Tatsächlich erschien Mrs. Tydings in der Tür und wollte gerade die Glocke läuten, als sie auf das Haus zukamen. Cosmo trat an das kleine Feuer, das im Kamin brannte, und warf das morsche Holzstück hinein.

Mrs. Tydings hatte den großen Refektoriumstisch abgeräumt und ihn mit allen möglichen Köstlichkeiten gedeckt. Moley fiel mit Begeisterung über ihre selbstgemachten Leckerbissen her.

»Hier ißt er viel mehr als zu Hause«, bemerkte Professor Molesworth, der seinen Sohn wehmütig beobachtete.

»Und auch mehr als in der Schule«, sagte Cosmo.

Cosmo selbst brachte kaum etwas hinunter. Als Mrs. Tydings ihn deswegen schalt, verteidigte er sich: »Wir haben doch im Restaurant gegessen.«

Nach dem Tee gingen Eunice und der Professor wieder

an die Arbeit, und da der Regen nicht mehr aufhörte, holten Moley und Cosmo den Kasten mit den Elfenbeinfiguren heraus und spielten auf dem Teetisch Schach. Cosmo war kein schlechter Spieler – er spielte ziemlich oft mit Eunice und schlug sie auch gelegentlich –, aber Moley war ihm überlegen, seine Züge waren sehr elegant und phantasievoll. Er gewann vier Spiele, Cosmo dagegen nur zwei.

»Du müßtest einmal mit meiner Cousine spielen«, sagte Cosmo gerade, »ich glaube, ihr wärt ziemlich ebenbürtige Gegner« – als von oben ein lauter Krach zu hören war, gefolgt von einer Reihe dumpfer Schläge, so als spaziere eines der Pferde, Prince oder Blossom, mit schweren Schritten über den oberen Treppenabsatz.

»Was zum Teufel –?« begann Moley, und Cosmo sagte: »Ach du lieber Himmel, was ist denn nun –?«, während Mrs. Tydings, die mit einer Tüte voll selbstgebackener Pfannkuchen hereinkam, um sie Moley mitzugeben, weil sie ihm so gut geschmeckt hatten, ausrief: »Herrje! Ist denn das die Möglichkeit!«

Sie schaute an den Jungen vorbei auf die Treppe, die in den Wohnraum herunterführte. Cosmo fuhr gerade noch rechtzeitig herum, um zu sehen, wie sein Bett die Kurve um das Geländer herum nahm und offenbar ganz von selbst auf seinen mit Rädern versehenen Füßen, kloppedikloppedi-klopp, schwerfällig Stufe für Stufe heruntergepoltert kam.

Zu Tode erschrocken über den Lärm – es hörte sich an, als stürzten mehrere Häuser ein – kamen Eunice und der Professor aus dem Arbeitszimmer gestürmt und sahen gerade noch, wie das Bett die letzten vier Stufen herunterschlitterte und, immer noch aufrecht, auf dem Ziegelboden zum Stehen kam. Sogar die Laken waren noch an Ort und Stelle, allerdings ein wenig verrutscht, weil die Matratze sich ans Kopfende geschoben hatte.

»Nun ja!« sagte Eunice.

Professor Molesworth war äußerst mißtrauisch. »Habt ihr beiden das arrangiert? Mit einem Seil oder so?«

»Nein, ehrlich, Dad, das waren wir nicht«, sagte Moley, er erstickte fast vor Lachen und lehnte sich hilflos in seinem Stuhl zurück. »B-b-bitte, P-professor Doom, d-darf ich jede Woche einmal zum Tee kommen? Ich habe mich in meinem ganzen Leben noch nicht so köstlich amüsiert! K-kein Wunder, daß Cosmo nicht so scharf auf die Schule ist, wenn bei ihm zu Hause so tolle Sachen passieren!«

Eunice warf Cosmo einen scharfen Blick zu und fragte: »Du hast das Bett nicht heruntergezogen, Cosmo? Du schwörst, daß du nichts damit zu tun hattest?«

»Das weißt du doch. Ich war den ganzen Tag mit dir zusammen – oder draußen mit Moley.«

»Ja – ich weiß«, sagte sie. »Nun, wie man sieht«, erklärte sie den beiden Molesworths, »haben wir es hier mit einem leichten Fall von Poltergeist zu tun.«

»Es ist wirklich bemerkenswert«, sagte Moleys Vater. Er untersuchte das Bett sorgfältig, dann ging er hinauf, um sich Cosmos Zimmer anzusehen, von wo aus es auf eigene Faust auf Wanderschaft gegangen war. »Zum ersten«, stellte er vorwurfsvoll fest, »paßt es gar nicht durch diese Tür, es sei denn, man schraubte vorher die Füße ab.«

»Ach, wer wird sich denn an solchen Kleinigkeiten stoßen?« sagte Eunice.

Moley begann zur Melodie von *Der Müller von Dee* zu singen:

> Wir fahren hinaus zur Courtoys-Mühle,
> Da geht es ganz hoch her.
> Dort fliegen die Schränke aus Eichenholz,
> Als wär'n sie gar nicht schwer,
> Und die Betten schlittern wie freche Jungs
> Über Treppen kreuz und quer.

»Freut mich, daß du dich so gut amüsierst«, sagte Eunice spitz – Cosmo merkte jedoch, daß ihr Moley gefiel – »aber wie sollen wir das Bett wieder zurückbringen, kannst du mir das vielleicht sagen?«

»An Ihrer Stelle«, meinte Professor Molesworth nachdenklich, »hätte ich es gar nicht so eilig mit dem Zurückbringen. Ich würde abwarten, bis diese Störung sich beruhigt hat. Sonst könnte es durchaus noch einmal passieren.«

Eunice seufzte. »Wahrscheinlich haben Sie recht. Ich sehe schon, irgendwann haben wir alle Möbel hier unten im Erdgeschoß. Oder sie liegen in Stücke zerhackt im Freien.«

Cosmos Bett wurde ins Gartenzimmer gestellt, und Eunice erklärte, es sei wohl besser, wenn er weiterhin in Emmas Häuschen schliefe, bis im Mühlenhaus wieder Ruhe eingekehrt sei.

»Vielleicht sollten Sie sich überlegen, ob Sie nicht einen Exorzisten zuziehen wollen?« schlug Professor Molesworth vor. Eunice machte ein skeptisches Gesicht.

»Das Problem ist, ich würde wohl nicht daran glauben,

daß es etwas nützt, Kerzen anzuzünden und Kreise auf den Boden zu malen. Und wenn es mich nicht überzeugt, wie soll es dann den Poltergeist überzeugen? Nein, ich meine, wir müssen das einfach durchstehen. Tut mir leid, daß der Besuch ein wenig gestört wurde, Norman.«

»Oh, Sie brauchen sich nicht zu entschuldigen; Paul und ich hätten dieses Erlebnis um nichts in der Welt versäumen mögen, nicht wahr, Paul?«

»Es war großartig«, seufzte Moley. »Seit Großmutter sich am zweiten Weihnachtstag in der Speisekammer eingeschlossen hat, habe ich nicht mehr so gelacht.«

»Du mußt irgendwann mal übers Wochenende rauskommen«, sagte Eunice. »Wenn sich die Aufregung etwas gelegt hat.«

Als Vater und Sohn gerade aufbrechen wollten, drehte sich Professor Molesworth, bevor er in den Wagen stieg, noch einmal um, um mit Eunice noch etwas wegen einer Fußnote zu besprechen. Währenddessen sagte Moley leise zu Cosmo: »Hör mal, ich weiß, du willst deine Cousine wegen der Sache mit deinem Baumhaus nicht beunruhigen, aber ich würde mich ehrlich gesagt vorsehen, wenn ich du wäre.«

»Das werde ich auch tun«, sagte Cosmo. »Danke.«

»Übrigens«, sagte Moley, »ich habe es da drin nicht erwähnt, um nicht ins Fettnäpfchen zu treten, aber es würde mich nicht überraschen, wenn dieses dürre alte Mädchen in Schwarz etwas damit zu tun hätte. Ist das deine Großmutter? Sie hat dich alles andere als freundlich angesehen, als wir beim Schachspielen waren.«

»Altes Mädchen in Schwarz?« Cosmo sah Moley verständnislos an. »Was für ein altes Mädchen? Du meinst doch wohl nicht Mrs. Tydings?«

»Nein, nein, die andere. Das alte Mädchen in Schwarz eben«, wiederholte Moley geduldig. »Ich dachte, es könnte deine Großmutter sein, weil sie dir ein bißchen ähnlich sieht. Sie kam mit einem Schal über dem Kopf reingefegt, während wir Schach spielten, und hat dir über die Schulter geguckt. Hast du das gar nicht bemerkt?« fragte er, als er Cosmos verwirrten Gesichtsausdruck sah. »Besonders angetan war ich eigentlich nicht von ihr, muß ich sagen. Sie sah genauso aus, als könnte es ihr einen Heidenspaß machen, jemanden einzusperren und verhungern zu lassen.«

»Nein, ich habe nichts bemerkt«, sagte Cosmo. »Aber ich werde die Augen offenhalten. Vielen Dank für den Hinweis.«

8

Osmond

»Dein Freund Molesworth hat mir gut gefallen«, sagte Eunice, als Vater und Sohn abgefahren waren. »Er hat ein recht scharfes Mundwerk.«

»Eigentlich ist er eher mein Feind als mein Freund«, sagte Cosmo zerstreut und dachte: Keineswegs der einzige Feind, den ich habe.

Er fühlte sich sehr unbehaglich.

Auch Eunice war beunruhigt. »Cosmo«, sagte sie, »ich überlege, ob wir dich nicht vielleicht für eine Weile irgendwo anders unterbringen sollten.«

Er war entsetzt: »Von hier weggehen? O nein!«

»Gefällt es dir denn hier?«

»Ja!« Die Antwort kam aus tiefstem Herzen.

»Aber wir haben da ein Problem! Ich habe mit Professor Molesworth darüber gesprochen. Siehst du – bitte, fasse das jetzt nicht falsch auf, aber diese Vorfälle mit wildgewordenen Kleiderschränken und Betten haben erst angefangen, seit du ins Mühlenhaus gekommen bist.«

Cosmo fragte verlegen: »Du meinst, ich bin an allem schuld?«

»Oh, du tust es natürlich nicht mit Absicht«, sagte sie schnell. »Aber bei Jungen – bei Leuten in deinem Alter kommt so etwas manchmal vor.«

»Aber glaubst du nicht, daß es in diesem Fall überall passieren würde, ganz egal, wo ich bin?« sagte Cosmo, bemüht, die Sache ganz distanziert zu betrachten, obwohl er die Vorstellung in Wirklichkeit gräßlich fand – es war, als habe man eine widerliche Krankheit oder irgendwelche Anfälle. »Überhaupt – wenn ich nicht in der Mühle bleiben kann, wo soll ich dann hingehen?«

»Na, Professor Molesworth hat zum Beispiel angeboten, du könntest gerne zu ihnen nach Headington kommen und dort wohnen.«

»O nein – vielen Dank.« Er hatte Moleys bissige Bemerkungen über seine Stiefmutter und deren Kinder nicht vergessen. »Außerdem – was ist, wenn dort die Kleiderschränke anfangen, in der Gegend herumzufallen!«

»Ich habe so eine Ahnung, daß sie das nicht tun würden. Ich glaube, diese – diese Phänomene werden dadurch ausgelöst, daß du dich gerade in diesem Haus aufhältst.«

»Aber meinst du nicht«, versuchte Cosmo sie zu ködern, »daß es ein Jammer wäre, das, was hier passiert, nicht wissenschaftlich zu beobachten? Ich finde, es wäre eine so gute Gelegenheit.«

Sollte er Eunice von Con und Sim erzählen? Aber er wollte eigentlich lieber noch warten, bis er sich über seine eigenen Vorstellungen etwas klarer geworden war.

»Nun ja«, meinte sie zögernd. »Aber nicht um den Preis irgendeines schrecklichen Unfalls. Schließlich geht es nicht nur um dich. Ich traue dir zu, daß du fähig wärst, alles, was geschieht, gelassen hinzunehmen und mit wissenschaftlicher Neugier zu studieren.« Cosmo war sich da gar nicht so sicher, er hatte keineswegs Gelassenheit verspürt, als er in sechs Meter Höhe an einer Hand gehangen hatte. »Aber wir müssen auch an deinen Vater denken und an die alte Emma. Sie ist in den Siebzigern, und wir wollen doch nicht, daß sie von einer Wanduhr erschlagen wird oder etwas dergleichen.«

»Nein, das sehe ich ein.« Er war sehr niedergeschlagen. »Ich sehe ein, daß das nicht fair ist.«

»Vielleicht warten wir am besten zwei oder drei Tage ab, um zu sehen, wie die Sache sich entwickelt.« Daß ihm der Gedanke, von hier wegzugehen, so sehr widerstrebte, hatte Eunice sichtlich wankend gemacht. »Wir werden alles sehr sorgfältig beobachten. Wenn man Poltergeister studieren will, neigen sie häufig dazu, ihre Aktivitäten einzustellen. Aber sei vorsichtig, ja? Bleib weg von gefährlichen Stellen und – und halte dich am Geländer fest, wenn du die Treppe hinuntergehst.«

Das versprach Cosmo, und dann ging er in sein Zimmer – das ihm jetzt, ohne Bett und Kleiderschrank, bemerkenswert kahl vorkam. Es sah wirklich so aus, als wolle etwas – jemand? – ihm zeigen, daß er im Mühlenhaus nicht willkommen war. Er wünschte sich sehr, das dürre alte Mädchen, von dem Moley gesprochen hatte, auch gesehen zu haben. Wer mochte sie nur sein? Und wie konnte sie es wagen, ihn aus dem Mühlenhaus vertreiben zu wollen, wenn es doch sein gutes Recht war, hier zu sein? Am liebsten würde er dieser lästigen alten Hexe eins in die Fresse geben. War es möglich, daß sie etwas mit Con oder Sim zu tun hatte – war sie vielleicht die Mutter von einem der beiden? Es war sicher nicht leicht, einen der jüngeren Brüder zu sehen, die von dem Fluch nicht betroffen waren, wenn man wußte, daß der eigene Sohn im Kampf umkommen sollte. – Aber Sim und Con hatten sich nicht feindselig verhalten. Nun ja, Con war anfangs ein wenig mürrisch gewesen, aber das hatte sich gelegt, sobald er sah, daß Cosmo ihm helfen wollte. Natürlich hatten die beiden seine Hilfe gebraucht – das war der Unterschied. Vielleicht mußte man das alte Mädchen nur auf irgendeine Weise beruhigen. Es war allerdings schwierig, jemanden zu beruhigen, den man nicht sehen konnte. Merkwürdig, daß Moley sie gesehen hatte und er nicht: mit Con und Sim hatte es sich genau umgekehrt verhalten, sie waren für ihn sichtbar gewesen, aber nicht für Eunice, Emma oder Mr. Marvell. Was hatte das zu bedeuten? Wollte das alte Mädchen vor ihm verborgen bleiben – trieb sie sich auch jetzt, unsichtbar für ihn, in seiner Nähe herum? Die Vorstellung war ihm zuwider. Er blickte sich im Zimmer um. Es war nichts zu sehen, und er machte sich daran, einen Brief an Meredith zu schreiben. Das arme Ding, er konnte sie jetzt wirklich verstehen: der Schmerz, den er empfunden hatte, als Eunice davon sprach, daß er das Mühlenhaus vielleicht verlassen müsse, rief ihm ihren leidenschaftlichen Ausruf in Erinnerung – »Nur eine einzige Woche daheim.«

»Liebe Meredith«, schrieb er, »hier ging es in letzter Zeit sehr merkwürdig zu. Und falls Du mir nicht glaubst, Moley kann Dir bestätigen, daß einiges davon wirklich geschehen ist, denn er und sein Vater waren heute hier und haben zwei der Vorfälle miterlebt ...«

Wie konnte ein durch und durch festes Stück Holz im Lauf einer Woche – in weniger als einer Woche – so verrotten, daß es einem in der Hand zu Staub zerfiel? So etwas passierte vielleicht in einem tropischen Land, wo es Termiten gab – aber im kühlen, gesitteten England?

Er mußte seine Ausguckplattform Zentimeter für Zentimeter untersuchen, ehe er sich wieder ohne Bedenken hinaufwagen konnte; und selbst dann würde er sich nicht sicher fühlen. Ja – er seufzte – genau so etwas hatte Eunice im Sinn gehabt, als sie sagte: »Bleib weg von gefährlichen Stellen.« Aber wohin konnte er unter diesen Umständen überhaupt noch gehen? In die Nähe der Pferde? Über den Steg? Am Flußufer entlang?

»Ich lasse mich nicht vertreiben«, sagte er zornig und laut. »Ob dir das nun paßt oder nicht.«

Nur Schweigen antwortete ihm. Er beendete den Brief an Meredith, schlug sein Tagebuch auf und schrieb: »Schwierigkeiten mit dem Kleiderschrank. Mit Eunice in Oxford. Moley & sein Vater zum Tee. Bett kam die Treppe herunter.« Als er das Tagebuch zuklappen wollte, hielt er inne, weil ihm einfiel, daß am Ende der Woche wieder Vollmond sein würde: wie schnell doch die Zeit von einem Mondwechsel zum nächsten vorbeigerast war. Vielleicht hatte Eunice recht, und die Zeit bewegte sich tatsächlich mit unterschiedlicher Geschwindigkeit.

Während der nächsten sechs Tage gab es keine erschrekkenden Zwischenfälle mehr – vielleicht, weil Cosmo so vorsichtig und Eunice so wachsam war. Sie hatte ja gesagt, Poltergeister träten nicht gerne in Erscheinung, wenn man sie erwartete, und wer oder was auch immer im Mühlenhaus das Bett und den Kleiderschrank in Bewegung gesetzt hatte, wollte entweder nicht beobachtet werden oder hatte sich entschlossen, so lange abzuwarten, bis die Bewohner in ihrer Vorsicht nachließen. In der Zwischenzeit bemühte sich Cosmo, hochgelegene Stellen und schwere Gegenstände zu meiden, die möglicherweise auf ihn herunterfallen konnten. Nachts schlief er in Emmas kleinem Zimmer mit dem Blick auf die Wiese: das würde am Ende der Woche in der Vollmondnacht ein großer Vorteil sein, überlegte er; falls die sechsspännige Kutsche wirklich vorüberkam, hatte er praktisch einen Tribünenplatz.

Am Freitag abend nahm er seinen Wecker mit und stellte ihn auf drei Uhr früh. Dann legte er sich in Emmas Gästebett (es war noch durchgelegener und hängemattenähnlicher als sein eigenes) und schlief ein.

Er träumte, Mark habe die Wasserhähne voll aufgedreht und drücke ihm den Kopf ins Waschbecken. Das Rauschen des Wassers weckte ihn; aber dann merkte er, daß es das Surren des Weckers war. Er hatte ihn unter sein Kopfkissen gelegt, um die nebenan schlafende Emma nicht aufzuwekken; trotzdem hörte er sie durch die dünne Trennwand aus Holz im Schlaf ächzen und murmeln. Alte Leute haben einen leichten Schlummer.

Cosmo hatte seine Kleider anbehalten und nur die Schuhe ausgezogen. Jetzt stieg er aus dem Bett, rückte den Stuhl ans Fenster und suchte sich eine bequeme Stellung, um auf die Kutsche zu warten. Der kleine Hof unter ihm war still und dunkel, in Schatten gehüllt; aber der lange, bleiche Streifen der Wasserwiese sah aus wie eine Lagune, aus der silbrige Nebelschwaden aufstiegen, und dahinter konnte er schwach den Fluß funkeln sehen. Ganz rechts lag der schwarze Keil des Waldes wie die Spitze eines Nußknackers, dort durchschnitt die alte Straße die Biegung zwischen Abhang und Fluß. Und über allem schwebte hoch oben der bleiche Mond, der Wind schien den Himmel blankgescheuert zu haben: nur wenige Sterne waren zu sehen.

Ich bin neugierig, ob die Kutsche ein Geräusch macht, dachte Cosmo. Die Leuchtzeiger der Uhr sagten ihm, daß er immer noch fünf Minuten warten mußte; vorausgesetzt natürlich, die Kutsche kam pünktlich. Waren Gespensterkutschen immer pünktlich? Und wie lange fuhren sie immer weiter? Ewig? Und wenn sie zu fahren aufhörten, geschah es dann auf einen Schlag, wie bei einem Zug, der stillgelegt wurde, oder verblaßten sie, wurden jeden Monat ein wenig schwächer, bis sie ganz verschwunden waren? Oder wurde ihre Lebensdauer gar nicht von der vergehenden Zeit bestimmt, sondern von der Anzahl der Menschen, die sie sahen? Vielleicht, dachte Cosmo, ist die Kutsche gar nicht da, wenn keiner sie sieht, so wie der Baum in dem Gedicht. Er war hellwach; alle möglichen Gedanken schossen ihm durch den Kopf. Das alte Mädchen in Schwarz: konnte sie wie Con innerhalb und außerhalb des Mühlenhauses erscheinen? Oder blieb sie stets im Haus? Moley – warum hatte er sie sehen können? Konnte es etwas mit seinem Herzfehler zu tun haben – vielleicht mit der Tatsache, daß er ein recht sensibler Junge war, für alles mögliche empfänglich, nicht nur für Dinge, die man ganz normal hören und sehen konnte?

Huuuhuuu, rief eine große Schleiereule und schwebte auf bleichen, im Mondlicht schimmernden Flügeln am Fenster vorbei. Oben im Wald bellte ein Fuchs, ein Fasan gackerte. In der Ferne rauschte das Wehr, es klang, als reibe jemand ständig mit Schleifpapier über sehr glattes Holz.

Plötzlich war die Kutsche da. Er sah sie auf der anderen Seite der Wiese, links von ihm, sie fuhr unter dem schwarzen Waldhang dahin, ihre Umrisse zeichneten sich im schwachen Licht deutlich ab. Sie funkelte leicht, wie ein Spinnennetz, an dem Tautropfen hingen. Auch die Pferde funkelten, drei Paare, die in lautlosem Galopp dahinsprengten. Die ganze Equipage bewegte sich völlig geräuschlos am Rand der Wiese entlang.

Mann! dachte Cosmo. Was für ein Anblick – was für ein unglaublicher Anblick! Er sah mit angehaltenem Atem zu, konnte sein Glück kaum fassen. Wenn man sich vorstellte, daß dies Monat für Monat passierte, und niemand wußte davon oder kümmerte sich darum, niemand sah es sich an – außer Emma, wenn sie zufällig aufstand, um eine Magentablette zu nehmen. Man mochte doch meinen, daß die Leute aus der ganzen Welt herbeiströmen würden, um ein solches Schauspiel zu erleben, daß Reisebüros Nachtfahrten veranstalten und Filmgesellschaften versuchen würden, die Kutsche zu filmen. Er fragte sich, ob es wohl möglich wäre, sie mit einer Kamera einzufangen. Das mußte er beim nächstenmal versuchen: aber wahrscheinlich brauchte man wegen der Dunkelheit eine extra lange Belichtungszeit, und das würde sicher problematisch werden, weil die Kutsche so schnell fuhr.

Dann fiel ihm etwas auf. »Niemand hat je erlebt, daß sie angehalten hätte«, hatte Emma ganz ausdrücklich gesagt. Aber jetzt – sie wurde langsamer. Und an der Waldecke kam sie völlig zum Stehen. Cosmo glaubte sogar, aus den Nüstern der Pferde leichte Dampfwolken aufsteigen zu sehen.

Die Tür der Kutsche öffnete sich. Ein Fahrgast stieg aus.

Sobald die schwarze Gestalt auf dem Boden stand, ging die Tür wieder zu, die Pferde warfen die Köpfe, und die Kutsche fuhr weiter und entschwand fast sofort um die Biegung des bewaldeten Hangs.

Der Fahrgast, der ausgestiegen war – eine schwarze Gestalt in einem langen Umhang, unmöglich zu erkennen, ob Mann oder Frau –, begann zielbewußt, mit energischen Schritten, am Flußufer entlangzugehen und war gleich darauf aus Cosmos Blickfeld verschwunden.

Cosmo zögerte einen Augenblick.

Dann sagte er sich entschieden: »Wenn ich jetzt nicht hinausgehe, wenn ich nicht herauszufinden versuche, wohin diese Person gegangen ist, werde ich mir das nie, niemals verzeihen können. Ich werde für den Rest meines Lebens das Gefühl haben, ein erbärmlicher Feigling zu sein. Außerdem – und das ist viel schlimmer – werde ich wissen, daß ich mir eine wichtige Entdeckung habe entgehen lassen.«

Er nahm seine Taschenlampe in die eine und seine Schuhe in die andere Hand und schlich die kleine, steile Treppe so schnell hinunter, wie er es wagte. Trotzdem hörte er ein Murmeln und einen Aufschrei von Emma, die sich unruhig im Schlaf herumwälzte. Er versuchte, sie mit einem leisen Zuruf zu beruhigen, tappte dann auf Zehenspitzen über den Ziegelboden ihrer Küche und durch die Hintertür hinaus, die nie verschlossen war. Wenn er jetzt schnell um die Remise herumlief, müßte er die Gestalt im schwarzen Umhang noch am Flußufer sehen können, ehe er oder sie den

Steg erreichte und ihn entweder überquerte oder die andere Richtung einschlug und auf das Haus zuging ...

Cosmo erreichte die Ecke der Remise, und einen Moment lang war er gleichzeitig enttäuscht und erleichtert, denn er glaubte, die Gestalt sei völlig verschwunden. Dann sah er sie reglos mitten auf dem Steg stehen und in den Fluß hinunterschauen. Genau wie ich, dachte er und begann, in langen Sprüngen über den taunassen Rasen zu laufen. Als hätte die Gestalt seinen Gedanken gehört, hob sie den Kopf, drehte sich um und ging weiter über die Brücke auf die Insel.

Sie schien etwas in der Hand zu tragen.

Als Cosmo die Brücke erreichte, war der oder die andere bereits auf der Insel und nicht mehr zu sehen.

Ob er rufen sollte? Er war nicht sicher, ob er den Mut dazu hatte, denn er konnte sich einfach nicht vorstellen, was für eine Art von Antwort er erhalten würde. Seine Kopfhaut kribbelte ein wenig; Schauer durchliefen seinen ganzen Körper; seine Haut war kalt wie Eis.

Zaghaft, jedesmal erst mit der Fußspitze vortastend, ehe er einen Schritt machte, ging er bis in die Mitte des Stegs.

»Nun komm schon, Junge«, sagte eine kalte Stimme. »Ich warte auf dich.«

Vor sich, bereits dicht am Mühlengebäude, sah Cosmo die Gestalt im schwarzen Umhang. Jetzt war er sicher, daß es ein Mann war; er hätte allerdings nicht genau sagen können, warum. Vielleicht wegen der arroganten, schmalen Kopf- und Gesichtsform; oder wegen der Größe, des Körperbaus. Obwohl der Mann nicht etwa besonders groß war und auch nicht so breit wie Mr. Marvell. Aber seine

Schritte waren flink und federnd, als er eilig weiter auf die Mühle zuging. Sobald er das dichte Gewirr aus Brennesseln und Kletten am Eingang erreichte, zog er ein Messer und führte ein paar scharfe Schläge – links – rechts – das schattenhaft grüne Zeug fiel auf beiden Seiten zu Boden, als sei es ein Spinnennetz.

»Wer sind Sie?« rief Cosmo mit zittriger Stimme. Von diesem Mann ging etwas Beängstigendes aus – eine Art von unterdrücktem Zorn, der in seinen Bewegungen sichtbar wurde –, aber die Furcht vor ihm war weitaus leichter zu ertragen als die alles überdeckende Angst vor dem Unbekannten, die Cosmo erfüllt hatte, während er die Wiese überquerte. Sogar der scharfe, stechende Geruch der Brennesseln wirkte irgendwie beruhigend. Ganz vorsichtig überschritt er die steinerne Schwelle und betrat die Mühle.

»Wer ich bin? Das brauchst du nicht zu wissen. Was geht es dich an, wer ich bin?«

»Es geht mich wohl etwas an.« Cosmo ließ sich nicht abweisen. »Wer sind Sie? Woher sind Sie mit dieser Kutsche gekommen?«

»Woher ich gekommen bin? Diese Frage will ich dir gerne beantworten.« Cosmo glaubte, ein kurzes, freudloses Lachen zu hören. »Ich komme von Medmenham, wenn dir das irgend etwas sagt.«

Es sagte ihm nichts.

»Medmenham?«

»Der Höllenfeuerclub, du junger Narr. Was glaubst du, woher ich über dich Bescheid weiß? Was glaubst du, warum ich hierhergekommen bin, um mich mit dir zu treffen?«

»Wissen Sie denn über mich Bescheid?« Cosmo war erschrocken. »Was wissen Sie denn?«

»Eine ganze Menge. Mehr, als du glaubst.«

Die ganze Zeit über war der andere weitergegangen, immer tiefer in die samtschwarze Dunkelheit hinein, und Cosmo war ihm, sich mit Händen, Füßen und einer Art sechstem Sinn behutsam vorwärts tastend, langsam gefolgt. Es war so dunkel, daß man die Hand nicht vor den Augen sah. Aber jetzt war plötzlich ein Splittern und Krachen zu hören, Holz traf auf Stein, etwas gab nach; eine große, morsche Doppeltür war aufgestoßen worden, und eine Flut von weißem Mondlicht ergoß sich in den großen, leeren Raum. Hohe Steinmauern wurden erkennbar, eine Decke, die so weit oben war, daß man sie fast nicht mehr sehen konnte, ein staubiger Bretterboden und hinter der Türöffnung ein Teil eines riesigen, von Unkraut überwucherten Mühlrads. Überall rauschte es, der Geruch nach Wasser erfüllte die Luft.

Cosmo hatte immer noch Mühe, die Züge des Mannes im Umhang zu erkennen, weil dieser mit dem Rücken zum Licht stand und sich nur als schwarze Gestalt mit hellem Haarflaum abzeichnete. Nun stellte er seine Tasche oder was immer er in der Hand hatte, auf den Boden und ließ seinen Umhang fallen, und man sah, daß er dunkle, eng anliegende Kleidung trug und daß an seinem Hals etwas Weißes schimmerte.

»Woher wissen Sie über mich Bescheid?« beharrte Cosmo und trat einen Schritt zur Seite, in der Hoffnung, daß der andere dann sein Gesicht ins Mondlicht drehen würde. So geschah es auch, aber Cosmo bekam einen heillosen Schrecken, denn das Gesicht war ihm vertraut, obwohl er nicht hätte sagen können, warum oder wo er es schon gesehen hatte. Helle Locken fielen über die Stirn; die Nase war lang und spitz, die schmalen Lippen zornig zusammengepreßt und die hageren Wangen mit Malen bedeckt – Narben? Vielleicht von den Blattern? Die Augen lagen im Schatten, waren nicht zu erkennen, aber alles in allem hatte Cosmo den Eindruck, daß der Mann jünger war, als er zuerst gedacht hatte – achtzehn, neunzehn vielleicht? Ein häßliches, unfreundliches, keineswegs liebenswertes Gesicht, aber wenigstens ein wirklicher Mensch und kein Ungeheuer; ebenso wirklich, wie Con oder Sim gewesen waren.

»Woher ich über dich Bescheid weiß? Aufgrund der Dinge, mit denen wir uns in Medmenham beschäftigen.«

»Und was sind das für Dinge?«

»Davon verstehst du nichts, Kleiner! Nekromantie, Thaumatologie, Wahrsagerei. Wir haben dort kluge Leute, gelehrte Leute; sie dringen mit ihren Studien in so dunkle Tiefen ein, daß sie die Zukunft vorhersagen können, ja, bis zum letzten Sandkorn, das sich löst, wenn die letzte Pyramide zu Staub zerfällt –«

»Warum sind Sie dann hierhergekommen? Wer sind Sie?« wollte Cosmo noch einmal wissen.

»Ich bin Osmond Courtoys, Junge. Macht dieser Name dich zittern?«

»Nein! Warum sollte er?«

»Weil ich von meinesgleichen der letzte bin, dem du begegnen wirst. Oh, ich weiß, du hältst dich für etwas Besonderes, weil du diese beiden dummen Kinder getroffen hast –«

»So alt sind Sie doch auch nicht«, sagte Cosmo kühn.

»Alt genug, um dir den Kopf zurechtzusetzen, mein kleiner Kampfhahn. Also, komm, wenn du so mutig bist – such dir ein Schwert aus.«

»Was?«

»Such dir ein Schwert aus!« Hochmütig zeigte Osmond Courtoys auf die mitgebrachte Tasche – sie hatte Ähnlichkeit mit einer Golfschlägertasche, stellte Cosmo fest, und beim Öffnen zeigte sich, daß sie mehrere Schwerter enthielt. Sie mußte sehr schwer gewesen sein, dachte er und traf mechanisch seine Wahl, einen Degen mit einer langen, schmalen, federnden Klinge und einem französischen Griff.

»En garde!«

»Aber – he! Moment mal! Was meinen Sie mit *en garde*? Ich habe nie auf diese Weise gekämpft – ich kann nicht fechten!«

Aber Mark und Ma hatten es gekonnt; sie war die beste Kämpferin in ihrem Fechtclub im College gewesen und hatte Mark alle Finten, Ausfälle, Paraden, Stöße, Konterparaden und Deckungsmöglichkeiten beigebracht, an die sie sich erinnern konnte. Mark war mit Begeisterung dabeigewesen; und der kleine Cosmo hatte manchmal stundenlang dagesessen und ihnen zugesehen.

»Das ist dein Pech«, sagte Osmond Courtoys ungerührt und machte einen Ausfall. Das Mondlicht lief an seiner Klinge entlang und ließ sie aufblitzen.

»Verdammter Betrüger!«

Fast instinktiv schlug Cosmo die Klinge beiseite.

»Ich war noch nicht soweit – das ist nicht fair!«

»Fair?«

Wieder kam die blitzende Klinge auf Cosmo zugeschwirrt, und er, kaum besser vorbereitet als beim erstenmal, schaffte es, sie durch eine Drehung des Handgelenks abzulenken. Eine vage Erinnerung kam ihm zu Hilfe, er hörte die Stimmen von Mark und seiner Mutter.

»Das ist die *Quart* – die vierte Position des Handgelenks – vom französischen *quatre* – und das die *Terz*, die dritte Position – immer die Klinge mit der anderen Hand ausgleichen, um die Balance zu halten. Mark, das Gewicht auf die Zehen verlagern, du mußt jeden Augenblick bereit sein, nach vorne, zurück oder zur Seite zu gehen, aber stets kontrolliert; das ist jetzt eine *botte coupée* – sie beginnt mit einer Hochquart und endet mit einer tiefen Terz. Und jetzt du ... *Forte*, das ist die obere Hälfte deiner Klinge, der stärkere Teil; schau, damit kann ich deine Spitze jedesmal zur Seite schlagen ... Paß auf deinen Knopf auf, Mark! Da – jetzt ist er runtergefallen.«

Aber an diesen Schwertern gab es keine Knöpfe. Die Spitzen funkelten hell und tödlich im Mondlicht.

»Fair?« wiederholte Osmond. »Zwischen uns beiden gibt es keine Fairneß.«

»Warum nicht?«

»Weil der schwarze Priester in Medmenham für mich in den Schriftrollen gelesen hat – er hat in die Zukunft geschaut, um zu sehen, was das Schicksal bringen wird –« Osmond machte einen gekonnten Ausfall, und seine Klinge kam ganz nah an Cosmos Wange heran und hätte sie aufgeschlitzt, wenn Cosmo nicht stolpernd und fast über seine eigenen Füße fallend zur Seite gesprungen wäre.

Bereits jetzt zitterten ihm die Knie, und die Arme schmerzten, weil er sie ständig krampfhaft nach oben strekken mußte.

»Ich verstehe kein Wort. Was für ein schwarzer Priester? Sind Sie ein älterer Sohn?« keuchte Cosmo und versuchte seinerseits einen Ausfall. Bis jetzt hatte er ausschließlich defensiv gekämpft und es mit Mühe geschafft, mit seiner Klinge auf die eine oder andere Weise all die blitzschnellen, jede Deckung durchdringenden Hiebe seines Gegners abzuwehren; die Spitze von Osmonds Schwert kam ihm vor wie ein ganzer Hornissenschwarm, der von allen Seiten auf ihn einstürmte.

»Älterer Sohn? Ich bin der *einzige* Sohn!« rief Osmond wütend. »Was glaubst du, wie meine Mutter es aufnehmen würde, wenn ich sterben müßte?«

»Sie müßte es wohl ertragen, so wie alle anderen auch –« Cosmo sprang keuchend nach hinten, um aus der Reichweite seines Rivalen zu kommen. Dann machte er einen Satz nach vorne und versuchte, eine *flanconade* anzubringen, einen Hieb auf die Seite seines Gegners.

»Sie ist eine hochgelehrte Frau, auf vielen Gebieten bewandert, jemand, der sich nicht widerstandslos in ein grausames Schicksal fügt. Als ich den schwarzen Priester fragte, ob ich im Kampf fallen würde wie meine Vorfahren –«

Die Klingen prallten zusammen, banden sich und wurden wieder auseinandergeschlagen.

»Der alte Narr! Ich glaube, er weiß nicht halb soviel, wie er vorgibt. Er sagte, ich müßte gegen einen Knaben kämpfen, der jünger ist als ich – gegen einen Knaben aus einer anderen Zeit. Er hat deinen Namen genannt. *Aber ich will nicht sterben!* Er sagte, wenn ich dir entrinne – und du bist ein ungeübter Kämpfer –, dann wäre ich der erste, der sich von dem Fluch befreit. Wie meine kluge Mutter es geplant hat. Mutter?« fragte er. »Bist du da?«

»Keine Sorge, mein Täubchen. Ich bin ganz in der Nähe«, antwortete eine Stimme, dünn und trocken wie die eines Papageis. Cosmo erschrak entsetzlich, weil sie so nahe war und weil er unvermutet neben der großen, mondhellen Öffnung eine Frau erblickte. Sie befand sich rechts von ihm, auf der Seite seines Schwertarms, und schien sich immer weiter an ihn heranzuschieben. Moleys Beschreibung fiel ihm ein, »ein dürres altes Mädchen in Schwarz ... Sie sah genauso aus, als könnte es ihr einen Heidenspaß machen, jemanden einzusperren und verhungern zu lassen.« Diese Frau war alt genug und dürr genug für diese Beschreibung, und ihr Gesichtsausdruck, soweit er ihn erkennen konnte, paßte ganz gewiß dazu.

»Treten Sie ein Stück zurück! Sonst werden Sie noch verletzt!« keuchte Cosmo. Aber die Frau lachte nur und kam noch näher heran.

Osmond sagte: »Du kannst sie nicht verletzen, du Narr! Deine Klinge kann ihr nichts anhaben. Meine Mutter ist eine *Striga*. Sie kann durch feste Wände fliegen und hat mir viel von dem beigebracht, was ich weiß.« Auch er lachte, und es klang ziemlich irre.

Obwohl Cosmo versuchte, sie nicht zu beachten, lenkte ihn die alte Frau an seiner Seite, die immer dichter an ihn heranrückte, entsetzlich ab. Er glaubte zu sehen, wie sie etwas vom Fußboden aufhob, und fragte sich, was es wohl sein könnte. Im nächsten Augenblick erkannte er, daß es der Umhang war, den Osmond abgeworfen hatte; sie bewegte ihn wie Con damals sein Gladiatorennetz, schwang ihn hin und her und versuchte, Cosmo damit zu Fall zu bringen.

»Zwei gegen einen ist nicht fair!« schrie Cosmo wütend, während er vor einem von Osmonds wilden Hieben zurücksprang.

»Warum gibst du nicht gleich auf, du dummer Junge? Ich kann einem Menschen das Herz aus dem Leibe reißen, so daß nur Sägemehl zurückbleibt!« zischte die Alte hinter seiner rechten Schulter.

»Warum tun Sie es dann nicht?« stieß Cosmo hervor. »Wenn Sie so gut zaubern können, warum tun Sie es dann nicht?«

»Fair?« fragte Osmond. »Nur ein Narr rechnet damit, daß das Leben fair ist!« Er drängte jetzt unaufhaltsam vorwärts und ließ seine Spitze direkt auf Cosmos Brustbein zuschnellen. Cosmo sah sie kommen, blitzend wie ein Diamant, und sogar in diesem Moment mußte er noch an die nadelförmigen Frauen von *Flatland* und an die Bemerkung des Autors denken: »Eine Frau in Flatland ist ein Wesen, mit dem ganz gewiß nicht zu spaßen ist.« Ich bin erledigt, dachte er, aber wenigstens habe ich kurz vor meinem Tod noch an einen Witz gedacht.

Unglaublicherweise traf die Klinge jedoch auf etwas Hartes unter seinem Hemd und rutschte seitlich ab. Die alte Frau stieß einen schrillen Zornesschrei aus, und Cosmo nutzte die Chance, um sich mit einem Sprung nach rückwärts aus der Gefahrenzone zu bringen. Aber wie lange konnte er diesen ungleichen Kampf durchhalten? Er zitterte vor Erschöpfung am ganzen Körper, jeder Muskel tat ihm weh, der Schweiß rann ihm brennend in die Augen, die kalte Luft auf seiner Zunge schmeckte scharf wie Zinn, und sein Herz, das wie wild gegen seine Rippen hämmerte, fühlte sich an wie ein schweres Stück Deckfracht, das sich jeden Augenblick aus seiner Verankerung reißen, auf dem ganzen Schiff herumpoltern und unermeßlichen Schaden anrichten würde.

Diesen Kampf werde ich nie gewinnen, dachte Cosmo ganz nüchtern, weil der Mann mich töten will – es ist seine feste Absicht, er muß mich töten –, und ich will ihn nicht töten. Alles, was ich will, ist, daß der Kampf aufhört. Vielleicht könnte ich versuchen, ihn mit dem Degengriff bewußtlos zu schlagen –.

Er zog ein Taschentuch aus seiner Tasche und wickelte es um die Klinge seiner Waffe, um sie anfassen zu können, dann ging er in die Knie und machte sich bereit, sich auf Osmond zu stürzen und den Griff auf seinen Kopf niedersausen zu lassen. Aber als er sich duckte, senkte sich etwas Schwarzes, Erstickendes über ihn. Der Umhang, dachte er. Die alte Hexe hat mir mit dem Umhang die Sicht genommen.

Er machte automatisch einen Satz nach vorne, spürte, daß er sie mit sich riß, hörte ihren rasselnden Atem dicht an seinem Ohr. Dann wurde dieses Geräusch von einem anderen übertönt – ein Rascheln, Knarren, Poltern, das immer lauter wurde, sich zu einem donnernden Krachen steigerte – und plötzlich gaben die Bretter unter seinen Füßen nach, einen Augenblick lang hing er im Nichts, dann stürzte, stürzte, stürzte er.

Feste Gegenstände, Mauerbrocken oder Holzstücke, purzelten um ihn herum – ein Trümmerregen prasselte auf seinen Kopf und seine Arme nieder. Der schwarze Stoff verhüllte noch immer sein Gesicht – er konnte nichts sehen – er riß daran, um sich zu befreien, und keuchte auf, als er plötzlich in eiskaltes, reißendes Wasser tauchte. Jetzt war keine Zeit mehr zum Überlegen. Instinktiv strampelte er mit Armen und Beinen, merkte aber, daß er immer tiefer hinabsank – er wurde herumgewirbelt, drehte sich immer und immer wieder um sich selbst wie eine Murmel, die von einem Schwall Seifenlauge eine Treppe hinuntergespült wird. Das Schwert hatte er schon lange losgelassen, und er hatte keine Ahnung, was aus Osmond und der schrecklichen alten Frau geworden war – keine Zeit und auch keine Kraft, sich um sie zu kümmern –, er war völlig damit beschäftigt, sich tretend und um sich schlagend nach oben zu kämpfen, sich gegen das Zerren und Reißen der Unterströmung zu stemmen, die ihn immer weiter trug und immer tiefer hinabzog. Wenn seine Lungen nicht bald Luft bekamen, würde er sterben – er war überzeugt, daß ihn nur Sekunden vom Tode trennten.

Und dann, im letztmöglichen Augenblick, ergoß sich silbernes Licht über sein Gesicht, und Luft, scharf und brennend wie Eunices Brandy, strömte in seinen aufgerissenenen Mund. Über sich sah er silbern und ruhig den Mond. Er befand sich an der Wasseroberfläche, wurde mit halsbrecherischer Geschwindigkeit wie ein Ast in einem Nebel aus weißem Schaum fortgerissen. Jetzt brauche ich mich nur noch oben zu halten, dachte er hoffnungsvoll, irgendwann muß die Strömung ja nachlassen, und dann kann ich ans Ufer schwimmen.

Ich muß oben bleiben …

Aber in diesem Augenblick verfing er sich unter Wasser mit dem Fuß an einem Baumstumpf, und etwas Schweres krachte auf seinen Kopf. Der Mond verschwand, und er sank wieder hinab in die Dunkelheit.

9
Eunice, Richard, Moley, Meredith

»Was ist der Höllenfeuerclub?« murmelte Cosmo, als er das nächstemal die Augen öffnete. Er lag auf einem Bett, und neben ihm stand Eunice. Ihr Haar war zerzaust, und sie trug einen Anorak über dem Schlafanzug. Irgendwo in der Nähe war Lobs schweres Keuchen zu hören.

»Der Höllenfeuerclub? Warum in aller Welt willst du denn das wissen?« Sie überlegte kurz, dann sagte sie: »Das war im achtzehnten Jahrhundert – eine Gruppe von Leuten – meistens junge Draufgänger, glaube ich – die sich mit Teufelsanbetung und Schwarzer Magie und dergleichen beschäftigten. Sie wollten ewig leben. Wie bist du darauf gestoßen?«

Aber Cosmo hörte schon nichts mehr. Seine Knochen und Muskeln, sein ganzer Körper, alles tat fast unerträglich weh, als habe man ihn durch einen Fleischwolf gedreht und zu Hackbraten verarbeitet. Die Schmerzen waren wirklich nicht auszuhalten; sein Kopf fühlte sich an wie ein riesiger, mit glühenden Kugeln gefüllter Ballon, seine Zunge war so groß wie ein Türvorleger...

»Kann ich bitte etwas zu trinken haben«, versuchte er zu krächzen, aber offenbar hörte ihn niemand. Ohne besondere Anstrengung verließ er seinen Körper, stieg in die Höhe und schwebte. Ein toller Trick. Warum lernte man das nicht in der Schule, sondern immer nur so alberne

Dinge wie Dodgeball oder die Namen sämtlicher Premierminister?

Jetzt war er in einem grünen, gebirgigen Land, wo gelbe Lupinen blühten und graue Vögel über ihm ihre Kreise zogen. Breite, klare und seichte Flüsse gab es hier, in denen man ewig hätte schwimmen oder waten können, und von den Kieseln, die er aufhob, glänzte einer strahlender als der andere ... Con war da, ohne seinen Halsring, und Sim, aber er sah nicht mehr blaß und sorgenvoll aus. Sie rannten um die Wette und sangen gemeinsam. Sogar Lob war da, jung und gelenkig sprang er im Wasser herum wie ein Welpe, der einem Stöckchen nachjagt. Und über das üppige Gras donnerten Prince und Blossom, Duke, Duchess und Queenie und schlugen übermütig mit ihren riesigen Hufen aus. Am Himmel trillerten unermüdlich die Lerchen. Otter spielten am Flußufer Fangen. Und an einem grünen Hang ganz in der Nähe saßen Mark und seine Mutter und lasen. Bald würden sie aufschauen, ihm freudig zuwinken und ihm entgegengehen, um ihn zu begrüßen ...

»Steck das doch einmal kurz unter deine Zunge«, sagte jemand.

»Ach, laß mich in Ruhe«, protestierte Cosmo. »Siehst du denn nicht, daß ich jetzt nicht gestört werden will? Ich will hier nicht wieder fort!«

»Diesmal mußt du noch gehen«, erklärte ihm Con, und Sim sagte: »Mach dir nichts draus. Wir warten hier auf dich.«

Traurig und sehr widerwillig glitt Cosmo in seinen Körper zurück. Seit er ihn verlassen hatte, schien er geschrumpft zu sein. Ich brauche einen größeren, dachte er.

Muß es Eunice sagen – damit wir zu *Marks & Spencer* gehen –.

Sein Körper fühlte sich auch kalt und feucht an wie eine Bananenschale; igitt, scheußlich! Man sollte ihn einfach wegwerfen. Er begann zu zittern, aber jemand wickelte ihn in warme Decken ein. Hin und wieder, wie in Wellen, kam ihm undeutlich zu Bewußtsein, daß etwas mit ihm geschah; er wurde gewaschen, man flößte ihm zu trinken ein, gab ihm Tabletten und redete ihm zu, sie zu schlucken.

»Ich möchte lieber wieder dahin zurück, wo ich war«, wehrte er sich benommen.

»Tja, ich fürchte, damit sind wir nicht einverstanden«, sagte die Stimme seines Vaters. »Wir brauchen dich hier.«

Er öffnete die Augen.

»Dad! Seit wann bist *du* denn hier?«

»Ach, schon eine ganze Weile«, sagte Richard. Er sah sehr schmal und müde aus, und sein Haar war grauer, als Cosmo es in Erinnerung hatte, sogar seine Augenbrauen waren grau. Er lächelte nicht richtig, aber hinter seinen Augen strahlte ein Licht, das lange Zeit nicht dagewesen war. Er faßte nach Cosmos Hand und schüttelte sie ein wenig. »Willkommen zu Hause!« sagte er. »Du hast uns einen ganz schönen Schrecken eingejagt.«

Eunice kam mit einem Becher heißer Milch herein. Auch sie war blaß, wirkte aber ruhig. »Runter damit«, verlangte sie energisch, und als Cosmo das widerliche Zeug trank: »Du bist mir ja einer. Warte nur, bis Emma dich in die Finger kriegt.«

Er sah sich um. Erst jetzt erkannte er, daß er wieder in seinem eigenen Zimmer war. Wann hatten sie die Zeit gefunden, das Bett zu zerlegen und wieder aufzustellen? Er sah auch, daß einige Bretter des zersägten Kleiderschranks zu einer Art Regalwand zusammengebaut am Ende des Raumes standen. »Du lieber Himmel ... wann ist das alles gemacht worden?«

»Ach, Zeit hatten wir genug. Anfangs hatten wir dich unten im Gartenzimmer untergebracht.«

»Anfangs –?«

»Du hattest eine kleine Lungenentzündung«, erklärte sein Vater. »Jedenfalls hast du hier ganz schön für Aufregung gesorgt.«

»Lungenentzündung? ... Was ist passiert?«

»Du bist ins Wehr gefallen. Weißt du das nicht mehr?«

»Genau das, was du nicht tun solltest, wenn du dich vielleicht erinnerst«, sagte Eunice spitz und nahm ihm den Becher ab. »Aber du hattest zweifellos triftige Gründe dafür.«

Allmählich fiel ihm alles wieder ein. »Ich war in der Mühle – habe mit Osmond gekämpft – was ist passiert? Ist der Fußboden eingebrochen?«

»Ich weiß das ganz bestimmt nicht!« explodierte Mrs. Tydings, die in diesem Augenblick mit einem zweiten Kissen hereinkam. Ihre Augen blitzten Cosmo an, als sprühten Funken aus grünem Holz. Man hatte den Eindruck, sie würde ihm am liebsten eine ordentliche Tracht Prügel verabreichen. »Du warst doch derjenige, der aufpassen sollte. Einfach mitten in der Nacht aufzustehen und davonzulaufen. Warte nur, mein Junge. Warte nur, bis du aus diesem Bett draußen bist! Dann kriegst du deine Medizin!«

»Ich mußte gehen, er hat mich gerufen ... Was ist mit den anderen geschehen?« Allein bei dem Gedanken an diesen schrecklichen, aussichtslosen Kampf fühlte sich Cosmo wieder schwach und fiebrig. Matt ließ er sich in die Kissen zurücksinken.

»Fürs erste hat er genug geredet«, sagte Eunice. »Bleib du bei ihm, Richard. Kommen Sie, Emma, wir beide verziehen uns jetzt besser.«

Cosmo war es zufrieden, schweigend dazuliegen und die tröstliche Gegenwart seines Vaters neben sich zu spüren. Nach einer ziemlich langen Pause fragte er: »Dad?«

»Ja, Cosmo?«

»Bist du jetzt für immer in England?«

»Ja.«

»Das ist gut.« Wieder schwieg er eine Weile. Dann sagte er: »Dad – hat man sie je gefunden?«

»Ja. Man hat sie gefunden«, antwortete Richard nach kurzem Zögern. »Sie lagen nebeneinander, ganz friedlich, so müssen sie auch gestorben sein. An einem kleinen Hang. Also haben wir sie dort begraben und einen Stein mit ihren Namen aufgestellt.«

»Es ist so furchtbar weit weg von hier«, murmelte Cosmo. Er war unsagbar traurig.

»Nicht wirklich ...«

»Sie haben es getan, um das Muster zu zerreißen«, sagte Cosmo, halb zu sich selbst. »Es war eine bessere Methode als bei diesem anderen gräßlichen Paar –« Er dachte an den haßerfüllten Osmond und seine abscheuliche Mutter, die ohne alle Skrupel nur darauf bedacht war, ihren eigenen Sohn zu retten, auch wenn jemand anderer dafür sterben mußte. »– Dad – was ist eine *Strega*?«

»Ich glaube, das war so etwas wie eine Hexe«, antwortete

Richard. »Eine Frau, die sich in eine Eule verwandeln und durch geschlossene Türen fliegen konnte.«

»Ich möchte nur wissen, warum sie mich nicht einfach mit ihrer Hexenkunst getötet hat. Vielleicht hatte sie es versucht und dabei gemerkt, daß es nicht ging. Weil es ihm bestimmt war, mit mir zu kämpfen –«

»Fängst du jetzt wieder an zu phantasieren?«

»Nein, nein. – Wo wirst du wohnen, Dad?«

»Ich werde es genauso machen wie du. Unter der Woche wohne ich im College, und am Wochenende komme ich hierher.«

»Großartig ...« Die Hand seines Vaters festhaltend, versank Cosmo in seinen Gedanken, vielleicht nickte er auch ein. Plötzlich kam er wieder zu sich und fragte: »Als ich ins Wehr fiel – wie haben sie es gemerkt? Es war doch mitten in der Nacht?«

»Wegen Lob. Er hat Eunice geweckt. Er war ganz außer sich, hat gebellt und sich aufgeführt wie ein Verrückter, er wollte unbedingt, daß sie mit ihm hinausging. Er hat sie mehr oder weniger bis zum Wehr hinter sich hergezerrt, sagt sie. Und da bist du im Wasser dahingetrieben. Lob ist hineingesprungen und hat dich ans Ufer gezogen, und mit ihm zusammen hat Eunice es geschafft, dich rauszuholen. Du hast Eunice überhaupt eine Menge zu verdanken. Und ich auch.«

»Du lieber Himmel«, sagte Cosmo schwach. Gleich darauf fragte er: »Wo ist Lob? Ich möchte den alten Burschen gerne sehen –«

Richard antwortete: »Tja – ich fürchte – das ist nicht möglich. Weißt du, Lob war schon ein sehr alter Hund.

Zwanzig Jahre alt. Und um dich aus dem Wasser zu ziehen, hat er sich so angestrengt wie schon lange nicht mehr. Es ging einfach über seine Kräfte –«

»Ist er tot?«

»Leider. Ja.«

»Ach, die arme Eunice«, sagte Cosmo. Ein heftiges Zittern durchlief ihn. Er schloß fest die Augen und drehte den Kopf auf dem Kissen zur Seite. »Ich habe ihr nichts als Schwierigkeiten gebracht«, flüsterte er, als der Schmerz in seiner Kehle soweit nachließ, daß er wieder sprechen konnte.

»Oh, das würde ich nicht sagen. Nein, das würde ich wirklich nicht sagen.«

Richard stand auf. »Ich muß jetzt nach Oxford fahren, um verschiedene Dinge wegen meiner Arbeit zu regeln. Wir sehen uns später. Soll ich dir irgend etwas mitbringen?«

»Nein danke, Vater. Ich bin unheimlich froh, daß du hier bist.«

Etwa eine Stunde später kam Eunice mit einem Tablett mit Suppe und Obst herein. »Wahrscheinlich kannst du morgen zum erstenmal aufstehen, sagt der Arzt. Dann darfst du nach unten kommen, aber nicht für lange.«

»Eunice«, sagte er, »es – es tut mir leid wegen Lob.«

Er konnte nicht anders – alles verschwamm vor seinen Augen. Eunice setzte sich zu ihm aufs Bett, und sie fielen sich in die Arme.

»Schau, Cosmo«, sagte sie nach einer Weile. »Er war doch schon ein sehr, sehr alter Hund. Und Menschen zu retten war seine eigentliche Aufgabe. Also ein großartiger

Abgang, findest du nicht? Viel, viel besser, als wenn er irgendeine schreckliche Krankheit bekommen hätte. Wir werden ihn nicht so schnell vergessen. Aber mit der Zeit können wir doch daran denken, uns einen kleinen Welpen anzuschaffen, der ein besserer Kamerad für dich wäre. – Und jetzt versuch, deine Suppe zu essen.«

»Bleibst du ein bißchen hier? Ich möchte gerne mit dir sprechen.«

»Ja, das hatte ich vor.«

Und so begann Cosmo, während er seine Suppe löffelte, von Con und Sim und von Osmond und seiner bösen Mutter zu erzählen. Sie hörte ihm gespannt und interessiert zu. »Glaubst du, sie waren die ganze Zeit hier, Eunice?«

»Möglicherweise. Und als du dann kamst – in ziemlich angespannter Verfassung –, da hast du sie sozusagen aus ihrer Zwischenwelt geholt. Sim hätte ich gern gesehen«, sagte sie. »Es klingt so, als wäre er nett. Ich glaube, du solltest das alles aufschreiben, Cosmo, solange du es noch frisch im Gedächtnis hast. Was Osmond und seine Mutter angeht – wahrscheinlich konnte sie nicht anders, die arme Frau, sie wollte ihrem Sohn auf die einzige Art und Weise helfen, die sie kannte, indem sie eben Schwarze Magie studierte. In einem Punkt hat sich Osmond allerdings geirrt – er war nicht der einzige Sohn seiner Mutter.«

»Woher weißt du das?« fragte Cosmo erstaunt.

»Richard und ich haben uns die Familiendokumente angesehen. Warte, ich zeige es dir.«

Sie ging hinaus, kam mit einer großen, zerknitterten Papierrolle zurück und breitete sie aus. Sie war mit einem Netz von Linien und Namen bedeckt, das sich wie ein

Spinnengewebe vom oberen Rand der Seite nach unten zog. Ein Familienstammbaum.

»Richard hatte das bei seinen Sachen – der Stammbaum geht zurück bis ins dreizehnte Jahrhundert. Als dein Vater das letztemal in England war, hat er ihn aus den Unterlagen von Dorchester kopiert. Hier, sieh mal – Rosamond Courtoys und ihr Sohn Osmond starben beide im selben Jahr, 1768. Aber es gab einen jüngeren Sohn, Francis, 1762 geboren und offenbar nicht zu Hause aufgewachsen – hier ist etwas über ihn vermerkt: ›Als Säugling fortgeschickt und von dem Freisassen Thos. Hendread aufgezogen. Kehrte 1780 zurück, um Anspruch auf sein Erbe zu erheben.‹ «

»Warum man ihn wohl weggeschickt hat?«

»Vielleicht hatte seine Mutter eine Abneigung gegen ihn gefaßt.«

»Oder sein älterer Bruder konnte ihn nicht leiden ... Ich wäre nicht gerne Osmonds jüngerer Bruder gewesen.«

»Aber merkwürdig ist es doch mit diesen beiden«, sagte Eunice. »Vor zwanzig Jahren – es war ein sehr trockener Sommer, dein Vater und ich waren damals noch sehr jung – stand der Fluß besonders niedrig, und da fand man unterhalb des Wehrs zwei Skelette, die am Ufer im Lehm vergraben waren. Ein Mann und eine Frau. Man holte Spurensicherungsexperten aus Oxford, und die sagten, die Knochen seien mindestens zweihundert Jahre alt und die Frau sei viel älter gewesen als der Mann.«

»Das ist also mit ihnen passiert. Wahrscheinlich könnte man sagen, er ist im Kampf gestorben.« Cosmo schauderte. »Sehr schade war es sicher nicht um ihn ...« Er spürte etwas Kaltes auf seiner Brust, als er sich tiefer unter die Bettdecke schob, faßte mit der Hand danach und ertastete seinen Penny aus der Zeit George III., den er noch immer an dem Bindfaden um den Hals trug. »Wir wollten ihn dir nicht abnehmen«, sagte Eunice, »du hast ihn krampfhaft umklammert und ständig gesagt, er sei dein Glücksbringer.«

»Und das war er auch – mit dem Boden in der Mühle, das tut mir leid«, sagte er und mußte dabei an den Augenblick denken, als die Spitze von Osmonds Schwert geradewegs auf seine Brust zugekommen war.

»Oh, das Gebäude war schrecklich baufällig. Am Zusammenbrechen. Wir überlegen, ob wir nicht einen Zuschuß beantragen sollen, um es wieder instand zu setzen, damit Richard dort arbeiten kann; er wird hier draußen ein Studio oder ein Labor brauchen. Die Mühle ist als historisch erhaltenswertes Bauwerk eingestuft, wer weiß, vielleicht haben wir Glück. Fertig? Okay, und jetzt ruhst du dich gründlich aus. Wenn du wieder aufstehen kannst, gibt es eine Menge zu tun ...« Sie ging mit dem Tablett hinaus.

Später durfte sich Cosmo für zwei Stunden unten in das sonnige Gartenzimmer setzen. Er war froh, als sein Vater aus Oxford zurückkam; als er an der großen Feuerstelle vorbeigegangen war, erschien sie ihm merkwürdig kahl und verlassen ohne das struppige schwarzweiße Fellbündel Lob, das sich dort auf den warmen Steinen räkelte.

»Glaubst du, du bist soweit auf der Höhe, daß dich dein Freund Paul morgen besuchen kann?« fragte Richard. »Ich habe heute nachmittag mit seinem Vater gesprochen. Norman sagte, er würde ihn herbringen, wenn du möchtest; es ist Samstag, da hat er keine Schule.«

»Schule? Was haben wir denn heute für ein Datum?«

»Den fünften Mai. Die Schule hat seit einer Woche begonnen«, sagte Richard. »Sieh zu, daß du wieder auf die Beine kommst – du willst doch nicht zuviel Tennis versäumen.«

»O Mann, nein.« Cosmo liebte Tennis. »Ja, wenn Moley kommen möchte, ich würde mich freuen. Aber er wird enttäuscht sein, wenn die Möbel nicht im Haus herumfahren.«

»Damit wird er sich abfinden müssen«, sagte Mrs. Tydings, die mit einer Kanne Tee hereinkam. »Die Möbel stehen alle wieder an ihrem Platz, und ich bin froh darüber. Wenigstens mit diesem Unsinn ist jetzt Schluß.«

Am nächsten Tag brachte Professor Molesworth nicht nur Moley mit, sondern auch Meredith. Cosmo durfte noch immer nicht ins Freie – es war ein kalter, böiger Maitag –, also blieb er im Gartenzimmer, während Moley Meredith die Farm, die Insel und die Mühle zeigte. Zuerst wollten sie ihn nicht alleine lassen, aber Cosmo sagte: »Ach, kommt schon. Es wäre doch ein Jammer, sie nicht herumzuführen, wenn sie schon einmal hier ist.«

Als Meredith zurückkam, glänzten ihre Augen. »Dein Ausguck im Baum! Mannomann! Phantastisch!«

Richard hatte tags zuvor das ganze Geländer sorgfältig überprüft und die morschen Teile ersetzt.

Offenbar hatte er auch Professor Molesworth einiges über den Familienfluch erzählt, und Professor Molesworth hatte die Geschichte an seinen Sohn weitergegeben.

»Du hast wirklich mehr Glück als Verstand, alter Cosmic«, sagte Moley neidisch. »Ein Familienfluch! Das ist anders als eine Stiefmama und zwei süße kleine Stiefgeschwister. Ich würde jederzeit mit dir tauschen.«

»Ich weiß nicht, Moley«, wandte Meredith ein. »Deine

Stiefgeschwister wirst du schließlich irgendwann los. Aber der Fluch hängt bis an sein Lebensende über Cosmo. Du wirst niemals wissen, Cosmo, ob du es wagen kannst, zu heiraten und Kinder zu bekommen, oder?«

»Nein, wohl nicht – jedenfalls nicht mit hundertprozentiger Sicherheit.«

»Na, dann mußt du dir eben etwas anderes einfallen lassen.« So etwas konnte Moley nicht erschüttern. »Wer will schon Kinder? Das sind doch nur lästige kleine Nervensägen. Hör mal, Cosmo, du mußt Meredith unbedingt *Flatland* zeigen. Ich habe ihr viel davon erzählt.«

Meredith war von *Flatland* fasziniert und begann, laut vorzulesen: »›Hinab, hinab, hinab! Dunkelheit, dann ein letzter, alles besiegelnder Donnerschlag!‹ Genauso muß es sich angehört haben, Cosmo, als du durch den Fußboden der Mühle gebrochen bist – ›Und als ich zu mir kam, war ich wieder ein ganz gewöhnliches, kriechendes Quadrat und lauschte zu Hause in meinem Arbeitszimmer auf den Friedensruf, der das Nahen meines Weibes ankündigte.‹ Das ist einfach großartig! Ein ganz gewöhnliches, kriechendes Quadrat! Das ist doch die treffendste Beschreibung für Mr. Gabbitas, die man sich denken kann!«

Mrs. Tydings brachte den Tee herein. »Jetzt siehst du wieder eher wie ein Mensch aus, das muß ich schon sagen«, bemerkte sie und musterte Cosmo mit strengem Blick. »Aber daß du dich jetzt wegen dieser Quadrate und Dreiecke ja nicht zu sehr aufregst.«

»Pfannkuchen!« schwärmte Moley. »Oh, Mrs. Tydings, Sie verstehen es wirklich, sich beliebt zu machen.«

»Wir haben überlegt«, sagte Meredith nach dem Tee,

»was du davon halten würdest, im nächsten Semester ein Studierzimmer mit uns zu teilen, Cosmo?«

»Ein Studierzimmer tei–? Du lieber Himmel! Aber – willst du dich denn nicht mit Charley zusammentun?« fragte Cosmo Moley.

»Er geht zum Ende des Semesters von der Schule ab. Sein Vater hat eine Stelle an der Universität von Santa Barbara angenommen und zieht mit der ganzen Familie nach Kalifornien. Deshalb dachten wir – vielleicht du – und wir beide – und Sheil –«

»Sheil ist furchtbar nett, wenn man sie näher kennenlernt«, sagte Meredith ernsthaft.

»Aber – ja. Gerne. Sehr gerne sogar.« Cosmo überlegte und sagte dann: »Wer wird sich mit dem armen Bun ein Zimmer teilen?«

»Der arme, alte Bun. Er wird nicht versetzt. Und nicht etwa, weil er nicht schnupft«, sagte Moley und konnte ein Kichern nicht unterdrücken. »Der alte Gab hat ihm einfach gesagt, daß er sich eine Klasse tiefer vielleicht wohler fühlen würde.«

»Ich schätze, die werden ihn ganz anständig behandeln«, sagte Cosmo und dachte an Tim und Frances.

Und dann sah er im Geiste ganz kurz sich selbst in Miss Gracies Reihe stehen und vier Sahnenußstangen kaufen. »Für dich und deine drei Freunde, Cosmo?« – »Genau, Miss Gracie.«

»Wie war es bei dir in den Ferien, Meredith?« fragte er.

»Na ja, ziemlich scheußlich. Bis auf die letzte Woche. Aber ein Gutes hat die Sache: es ist nicht so schlimm, wenn man wieder zur Schule muß.«

»Da ist Vater«, sagte Moley. Professor Molesworth schlenderte mit Eunice und Richard über den Rasen. »Wahrscheinlich müssen wir jetzt gehen. Vielen Dank, Mrs. Tydings, der Tee war spitze.«

»Ihr habt ja nicht einmal die Hälfte aufgegessen!« schalt sie. »Wartet, ich packe euch die Pfannkuchen ein, dann könnt ihr sie mit in die Schule nehmen.«

»Bis bald, Cosmo. Und sieh zu, daß du schnell gesund wirst!«

Sie verabschiedeten sich, er winkte ihnen durch die Glastüren des Gartenzimmers zu, und dann fuhr der Wagen ab. Eunice und Richard drehten sich um und schlenderten über die Wiese zur Brücke, dort lehnten sie sich Schulter an Schulter gegen das Geländer und schauten ins Wasser hinunter. Dort habe ich gestanden, als ich Sim zum erstenmal im Boot sitzen sah, dachte Cosmo. Und er erinnerte sich an jenen anderen Abschied, als Sim mit klirrender Rüstung davongestapft war, um sich mit seinem Onkel zu treffen, und dabei mannhaft gesungen hatte:

Er ist tapfer wie alle,
Die um Gottes Lohn
Mit Helm und mit Schwert
Zieh'n nach Askalon.
Wird er nicht erschlagen
Auf dem Felde der Ehr',
Als Held kehrt er wieder
In Waffen und Wehr.

Joan Aiken im Diogenes Verlag

Fanny und Scylla oder Die zweite Frau

Roman. Aus dem Englischen
von Brigitte Mentz. Leinen

»In ein englisches Spukhaus des 18. Jahrhunderts und das bunt-grausame Indien der Maharadschas führt Publikumsliebling Joan Aiken in ihrem neuen aufregenden Roman *Fanny und Scylla*...
Joan Aiken verfügt, wenn man so will, über eine fast ausgestorbene Meisterschaft: Die Kunst, ungetrübtes Lesevergnügen zu bereiten.« *buch aktuell*

»Joan Aiken besitzt ein seltenes Erzähltalent, in dem sich psychologischer Scharfblick mit der Gabe vereinigt, den heutigen Leser in Spannung zu halten, obwohl die Handlung in eine ferne Vergangenheit führt.« *Die Furche, Wien*

Du bist Ich

Die Geschichte einer Täuschung
Deutsch von Renate Orth-Guttmann
Leinen

Man schreibt das Jahr 1815. In einem feinen Mädchenpensionat in England stellen Alvey Clement und Louisa Winship fest, daß ein einzigartiges Band sie eint. Zwar stammen sie aus sehr unterschiedlichen Gesellschaftsschichten und sind vom Temperament her ganz verschieden, aber vom Aussehen her *sind sie sich völlig gleich.* Dieser überraschende Zufall paßt der verwöhnten Louisa sehr gut ins Konzept.

»Wie Patricia Highsmith versteht es Joan Aiken, eine Geschichte langsam anlaufen zu lassen und sie mit unerbittlicher Hand zum dramatischen Knoten und dessen Auflösung zu führen.« *Die Presse, Wien*